L'inconnu des Maciej

Vincent Pithon

L'inconnu des Maciej

Roman

Édition : BoD • Books on Demand GmbH, In de Tarpen 42, 22848 Norderstedt (Allemagne)
Impression : Libri Plureos GmbH, Friedensallee 273, 22763 Hamburg (Allemagne)

ISBN : 978-2-3225-2345-0
Dépôt légal : juillet 2024

À Claire,

Tempête

Allongé sur cette couchette rigide, Wiktor ne trouve pas le sommeil. Le matelas peu épais est très inconfortable. Il n'amortit rien. Et surtout pas les corps. Malgré la fatigue, Wiktor s'efforce depuis des heures et sans succès, à maintenir une position reposante. Ses mains légèrement écorchées le picotent. À chaque fois qu'il croit être mieux et qu'il se laisse un peu aller, le vent hurle sa colère. Les sifflements de l'air qui essaie de se frayer un chemin dans les moindres interstices des parois sont assourdissants. Il se bouche les oreilles en y plaquant les manches de son pull puis il appuie fortement avec ses poings. L'opération est un échec. L'endroit est tellement petit et étroit qu'il n'y fait pas froid. Il enrage. Plus il s'énerve, moins il arrive à s'assoupir.

De l'autre côté, Adrian dort profondément. Wiktor ne comprend pas et ça le contrarie encore davantage. Il marmonne et s'agace. Il lui en veut beaucoup de ne pas faire attention à lui et de le laisser se battre seul avec la nuit épaisse et bruyante. À force de se retourner dans son duvet, il est complètement empêtré et ses pieds sont bloqués. Il fournit un énorme effort pour lever ses jambes et il essaie de se libérer du sac en plume d'oie. Ses jambes lui font mal, mais il arrive à retrouver un peu plus de place. Il ajuste les vêtements sous sa nuque. Ils lui servent d'oreiller. Il se laisse aller. Il remonte la fermeture et cale sa tête dans la capuche du sac de couchage. Il repose sur ce matelas usé et peu épais qui sent l'humidité et le rance. Il enfonce sa bouche et son menton dans l'encolure de sa laine polaire pour ressentir une odeur plus familière.

Les parois tremblent. Elles sont prises d'assaut par des rafales furieuses et violentes. Wiktor n'est pas rassuré. Les yeux clos, il pense au pire. Il imagine le coup de vent fatal qui éventre les tôles, tourbillonne et balaie tout sur son passage. Il serre son duvet entre ses doigts et le remonte au niveau de la base du nez. Il cherche une idée pour échapper au cauchemar. Il espère un sentiment agréable qui chasserait la peur. Le rythme de son cœur s'accélère. Il le sent battre jusqu'à ses tempes. Il a l'impression de perdre pied. Il veut de l'air. Il ouvre la bouche. Il inspire profondément puis il souffle lentement. Il répète l'opération une dizaine de fois pour se calmer. Dehors, la tempête ne faiblit pas. Dedans, Wiktor est terrifié et Adrian sommeille tranquillement.

Wiktor, perclus de douleurs, se tourne légèrement sur le côté. Les yeux fermés, il pose la main sur l'encolure de son sac jusqu'à frôler du bout de ses doigts le cordon de serrage qui permet d'en fermer la grande poche. Entre le pouce et l'index, il pince le bloque-cordon et le tire vers le haut pour ouvrir la partie centrale. Il y descend son avant-bras à tâtons. Il attrape d'abord son couteau suisse qu'il ne quitte jamais depuis ses seize ans. Il le glisse dans sa paume puis le laisse s'échapper doucement pour sentir les grains d'une corde. Il passe délicatement le bout de ses doigts abîmés sur la gaine de fils tressés. Ce simple geste le rassure. Cette caresse l'apaise, mais il veut que ce calvaire cesse. La nuit et le vent l'encerclent. Il est oppressé et pris au piège dans cet espace minuscule que les bourrasques s'amusent à faire craquer. Il referme sa main autour du filin et serre vigoureusement le poing. Il pense à demain. Il doit le faire. Il doit être fort. Il ne peut plus attendre. Depuis des jours, il s'entraîne à faire et à défaire des nœuds.

— Le puits… le puits… l'arbre… le tour de l'arbre, soupire-t-il.

Il remue sa tête de droite à gauche. Il passe et repasse les extrémités des brins dans son crâne. Il transpire. Il réitère le geste encore et encore jusqu'à ce que la fréquence de ses mouvements diminue. Il se calme doucement et finit par s'endormir.

Mais la pause est de courte durée. Un orage solitaire et brutal rejoint sans prévenir la tempête et la nuit déjà bien agitée. L'orage précipite d'abord quelques éclairs pour imposer sa présence puis il éructe deux ondes sonores. Enfin, il crache en rafale une pluie grasse et lourde que le vent embrasse à pleine main et jette au-dessus des têtes de Wiktor et d'Adrian. Adrian grommelle, se retourne, ajuste son duvet et continue sa nuit. Wiktor sursaute. Il lâche la corde et s'assoit sur sa couchette. Il est en colère. Il regarde dans la direction d'Adrian et espère un minimum de soutien et de compassion. Mais il n'obtient rien. Il soupire profondément et se rallonge. Il attrape son téléphone portable, mais il n'a plus de batterie. Il adorerait tant lire les messages d'Alice. Il se console un peu en songeant à elle. Il se recroqueville pour récupérer un peu de chaleur et penser à son amour.

Il sait que cette fois il n'arrivera pas à retrouver le sommeil. Il allume sa lampe et rapproche son sac posé au sol. Il fait glisser le zip d'une des poches. Il en sort une enveloppe plastique transparente dans laquelle se loge un carton usé plié en quatre. Les bords mâchés se délitent petit à petit. Il ouvre le paquet et retire délicatement le précieux trésor.

Dans le halo pâle de la lumière et, à la manière d'un artiste qui rejoint le centre de la scène sous un projecteur, l'objet, montre une simple face grise avec la marque des plis. L'autre côté est la reproduction d'une montagne. Sous un ciel bleu azur, de minuscules nuages, tels des fils de coton, viennent s'accrocher à un imposant sommet, partiellement enneigé, sertie de multiples pics en dents de scie. Il grimace en regardant l'image. La première fois qu'Adrian l'a vue, il s'est moqué de lui et n'arrivait plus à s'arrêter de rire. Wiktor, vexé, lui avait immédiatement repris le carton. Il savait bien que ce n'était que le couvercle d'une ancienne boîte de chocolat, mais pour lui, cette icône avait de l'importance. Depuis, il se garde de sortir l'image en présence d'Adrian. Allongé sur ce lit incommode, il se souvient du jour où il a découpé l'emballage et conservé cette photographie.

La boîte de chocolats

À Noël, et comme chaque année, la compagnie minière a la délicate attention d'octroyer, à tous les mineurs, une petite boîte de chocolats bon marché. Le père de Wiktor, Andrzej, était rentré directement de la mine pour déposer l'offrande généreuse. Il n'était pas passé, fidèle à son habitude, par le café « Onze » ou il partageait avec ses compagnons des bières, de la fatigue et beaucoup d'amertume. Parfois, il revenait en titubant bien après l'heure du dîner. Wiktor mangeait seul avec Aniela, sa mère. Elle attendait un long moment en regardant la pendule de table installée sur un napperon au crochet. Elle trônait au milieu du buffet entre un cadre photographique et une corbeille à fruits en porcelaine aux anses en forme de banane. Sur le portrait en noir et blanc, c'était lui, vers trois ou quatre ans. Il se tenait entre Aniela et Andrzej. Il aimait quand, dans le silence de la maison, il pouvait entendre le bruit des rouages et des aiguilles.

Avant le repas, il prenait place autour de la table et posait son cartable sur la toile cirée à motifs animaliers. Il ouvrait son cahier du jour, enveloppé dans un protège-cahier de plastique vert, pour faire ses devoirs. De sa trousse en tissu cousue par sa mère, il prenait un stylo au capuchon mâchonné et s'appliquait du mieux possible. Il aimait bien l'instituteur, mais il n'affectionnait pas beaucoup l'école. Il avait du mal à se concentrer et il trouvait les exercices difficiles. Quand il n'y arrivait pas, il mordillait son crayon à bille et regardait tous les animaux qui couraient sur la table. Il les suivait du doigt. Aniela l'aidait un peu. De la cuisine attenante, elle lui faisait réciter ses leçons. Des poèmes, des rois et des dates, des conjugaisons ou bien des tables de multiplication. Wiktor ne s'attardait pas trop. Il rangeait rapidement le contenu de son sac puis il dressait le couvert et pouvait sortir devant la maison. Assis sur les deux marches, il attendait son père.

La bâtisse était en briques rouges comme l'étaient toutes celles de la rue et toutes celles du quartier. Les pavés du soubassement étaient peints en blanc sur une dizaine de rang. Les linteaux étaient également de couleur claire. Il y avait deux ouvertures de part et d'autre de la porte d'entrée. Une fenêtre double sortait du toit au-dessus de la porte principale. Elle donnait sur les deux petites chambres du haut. En bas, le couloir d'entrée desservait deux pièces de vie et une minuscule salle d'eau, l'accès à l'étage et le passage menant au jardin. Un étroit cabinet se dissimulait sous l'escalier. Le toit était coiffé de tuiles plates et grises.

Les jours sans classe, il accompagnait sa mère dans le jardin de quelques mètres carrés pour l'aider à entretenir le potager ou étendre le linge. Le long de la façade, il y avait un double bac en ciment dans lequel Aniela lavait les draps. L'été, il pouvait se transformer en baignoire extérieure pour Wiktor. Le soin des plantations était le domaine réservé d'Aniela. Andrzej avait construit six zones de massifs séparées par d'étroites allées recouvertes de gravier. Quatre d'entre elles étaient consacrées aux légumes et les deux autres aux fleurs, car, en dehors des plantes potagères, Aniela adorait cultiver les roses. Elle faisait l'admiration de tous les voisins pour la beauté et les couleurs des roses de son jardin. Wiktor aimait surtout lorsque venait la saison des récoltes et qu'il pouvait arracher les carottes ou les poireaux, déterrer les pommes de terre ou couper les salades. Il détestait quand une limace arrivait à s'aventurer sur ses mains, mais il prenait soin des escargots. Il leur avait aménagé un petit royaume au fond du terrain. Il adorait surtout jouer dans les minuscules allées avec les quelques billes gagnées à l'école et les trois figurines en plomb représentant des cyclistes du tour de France.

Wiktor ne sait pas beaucoup de choses sur l'histoire de ses parents. Aniela et Andrzej venaient tous deux de la cité minière voisine. Tout prêt du puits numéro douze. Ils étaient arrivés là, avec leurs parents, juste après la Seconde Guerre mondiale. Ils fréquentaient la même école. Très vite et trop jeune, Aniela fut mise à la tâche dans la grande blanchisserie de la ville. Andrzej referma son livre et son cahier pour le « *trou* », la gueule et les mains noires.

Wiktor jouait dans le jardin à serpenter entre les vêtements lavés du paternel suspendus au fil à linge. L'odeur du charbon était tenace et venait chatouiller le nez de l'enfant. Il passait du temps avec sa mère. Son père parlait peu. Il évacuait la crasse sombre de son corps au bar à coup de litres. Il revenait parfois ivre et souvent en colère. Wiktor était couché et il entendait de son lit à l'étage, les éclats de voix. Il lui arrivait de descendre la moitié de l'escalier et de s'asseoir sur une marche en s'agrippant d'une main à la rambarde et de l'autre à sa poupée de laine. Il n'osait pas aller plus bas. Quand, par malheur, il croisait l'œil noir et furieux de son père, il remontait à toute vitesse et se jetait sous la couette. Son cœur s'emballait et cognait dans sa poitrine jusqu'à ce qu'Aniela vienne lui caresser les cheveux. Il sortait doucement la tête de dessous le drap et suivait du regard la larme de détresse qui coulait sur la joue de sa mère. Les autres enfants du quartier se moquaient souvent de lui tellement il était « *collé* » aux jupons de sa maman. Wiktor s'en fichait.

Ce jour-là, Wiktor, fasciné, admirait avec envie la boîte de friandises que son père venait de déposer sur la table. Il songeait aux chocolats, mais surtout à la photographie qui décorait le dessus du coffret. Les années précédentes, il n'avait pas même remarqué le flacon. Des fleurs ou des petits chats devaient en orner le couvercle. Il salivait, rien qu'en pensant à la bouchée de cacao qui n'allait pas tarder à fondre sous sa langue. La règle était stricte. Et gare à celui qui y dérogerait. Un seul chocolat par jour après le dîner jusqu'à Noël. Il tira un peu la chaise et se mit à genoux sur l'assise. Il plaça ses coudes sur la toile cirée et posa son menton entre ses mains. Ses yeux brillaient. Aniela était surprise que son enfant ne quémande pas tout de suite une de ces bouchées au cacao. Wiktor ne bougeait pas. Il faisait le calcul dans sa tête pour savoir quand il pourrait récupérer la boîte vide et en découper le couvercle. Il comprit vite qu'il devrait attendre longtemps. Très longtemps. Il grimaça. Il se redressa un peu et avança doucement sa main jusqu'à effleurer de ses doigts le coffret de carton.

Sa mère remarqua immédiatement que quelque chose n'allait pas. Wiktor se lança sans oser la regarder. Il chuchota.

— Maman ? Est-ce que je peux découper la boîte de chocolats ?
— Tu veux faire quoi ?
— S'il te plaît, maman. Je veux juste le dessus de la boîte.
— Mais Wiktor, ne veux-tu pas plutôt un chocolat ? Tu souhaites seulement ce carton ?

— Oui. Je mangerais bien un chocolat. Mais j'aimerais bien la boîte. Elle est tellement belle.

Aniela, ouvre l'une des portes du buffet et en sort
un pot de verre jaune ciselé de feuille. Elle le pose sur la
table. Elle ôte le film plastique qui entoure le coffret et enlève le couvercle. Elle verse tout le contenu dans le bocal.
Avant de le refermer, elle le tend vers son fils.

— Juste un ! dit d'un ton ferme Aniela.

Wiktor ne se fait pas prier et saisit délicatement un
chocolat entre deux doigts. Il le fourre en entier dans sa
bouche et le laisse fondre doucement pour que les saveurs
sucrées et légèrement amères envahissent son palais.
L'enfant ne quitte pas des yeux, l'emballage vide.

— Je t'autorise à découper l'image, mais tu me
ranges tout après. C'est compris, Wik ?
— Oui, maman.

Il ouvre son cartable et prend sa trousse en tissu
écossais maintes fois rapiécée par sa mère. Un des côtés
de l'enveloppe est taché d'encre depuis que Wiktor en ren-
trant de l'école s'est arrêté au terrain vague pour jouer au
ballon avec ses copains. Sa besace d'écolier, avec d'autres,
servant de but de fortune. Pour sauver son équipe du jour,
il n'avait pas hésité à plonger sur le tas de sacs. Une car-
touche d'encre avait fini par exploser. Lui s'en aperçut le
soir quand, en récupérant sa trousse pour ses devoirs, il
se retrouva avec les doigts maculés d'encre bleue. Aniela
le remarqua également en constatant l'état de l'évier. Wiktor se souvient encore des yeux de sa mère et de la colère
qui s'était abattue sur lui ce jour-là.

Wiktor saisit et découpe délicatement le couvercle avec l'image. Il ne quitte pas du regard le paysage qu'il représente. Quand il a fini, il pose l'icône devant lui et reste songeur pendant de longues minutes. Au moment où sa mère passe derrière lui, il rassemble les déchets de carton éparpillés sur la table et jette le tout dans la poubelle. Il range son cartable et monte la photographie dans sa chambre. Il s'étend sur son lit avec l'image entre ses deux mains et se met à rêver. Il regarde successivement le paysage au travers de la petite fenêtre et celui figurant sur le morceau d'emballage. D'un côté le sommet pyramidal des terrils jumeaux qui s'élèvent vers le ciel et qu'un enfant géant a façonnés et abandonnés là. De l'autre une montagne colossale et inaccessible qui transperce les nuages de ses pics tranchants comme des rasoirs. La lumière du jour baisse et dans l'obscurité naissante, il se laisse envelopper par un sommeil doux et sucré.

La cité

Lorsque Wiktor se réveille, la pluie frappe violemment les vitres de la fenêtre. L'humidité a envahi la chambre et il fait froid. Il flotte dans l'air une odeur désagréable de vieux tabac fumé. Dans la pièce, c'est un immense désordre. Sur la table de nuit, la petite lampe à l'abat-jour déchiré, se partage l'espace avec un cendrier plein, une bouteille de mauvais whisky presque vide, plusieurs boîtes de médicaments et deux flacons de sirop. Des vêtements dégoulinent de l'armoire ouverte jusqu'au sol et se répandent dans toute la chambre. Le minuscule bureau est recouvert de canettes de bière. La chaise bancale porte sur ses épaules un blouson de cuir élimé. La peinture des fenêtres s'écaille et des pans de tapisserie commencent à se décoller du mur du fond. Sur le plafond jaunâtre se dessinent plusieurs auréoles brunes.

Il ne se souvient pas trop de sa soirée. Un mal de tête l'empêche de voir clair et cogne avec force à l'intérieur de son crâne. La pression dans sa tête ébouriffée lui fait monter les larmes. Il est maigre. Il porte un tee-shirt sale et un caleçon déchiré. Il s'assoit au bord de sa couche et se prend le visage à deux mains. Il a la bouche sèche. Il se frotte vigoureusement les tempes. Il trouve une vieille paire de baskets sous son lit. Il les enfile sans même défaire les lacets. Il se lève doucement et se met à tousser si fort que sa tête manque d'exploser. Il descend l'escalier poussiéreux. Les marches grincent à chacun de ses pas.

Il se glisse aux toilettes et évacue les excès de la veille. Une forte odeur désagréable lui monte au nez. Il tire rapidement la chaînette et referme la porte. Le bruit de la chasse d'eau et de la vidange lui vrille les oreilles. Il entre directement dans la cuisine et se précipite sur la cafetière électrique. La verseuse ébréchée retient encore un peu d'un liquide noir et épais. Les parois sont maculées de vieux café. Du porte-filtre déborde une pâte grumeleuse. L'appareil déverse son produit jusqu'au plateau du meuble accolé à la gazinière. Il attrape la poignée d'une main et de l'autre récupère un bol crasseux dans l'évier. Il y vide tout le contenu. Il ne prend pas la peine de faire chauffer le liquide. Il pose le récipient sur la table de la cuisine et tire la chaise pour s'asseoir. Le plateau est encombré de vaisselle sale et d'emballages à jeter. Certains en carton et d'autres en métal. Il reste à Wiktor un espace ridicule.

En fouillant avec une main, il trouve une boîte de sucre en morceaux. Il en attrape deux et les lâche dans son bol. En tendant un peu plus le bras, il récupère une petite cuillère. Il l'essuie rapidement avec le bas de son tee-shirt et la plonge dans le liquide sombre. Il la tourne une dizaine de fois puis il se saisit d'un paquet de cigarettes posé sur le vaisselier. Il prend la dernière et la coince entre ses lèvres. Il écrase le sachet vide au creux de sa main et le lance au fond de la pièce non loin de la poubelle. Il allume sa cigarette avec le briquet « allume-feu ». Il inspire profondément avant d'avaler une gorgée de café froid et sucré. Il attrape son téléphone portable abandonné la veille sur la toile cirée de la table de la cuisine. L'appareil se réveille violemment et sa lumière éblouit Wiktor et le frappe en plein front. À l'endroit même de son mal de tête. Il plisse les yeux et lit quand même ses messages. Celui d'Alice lui va droit au cœur et soulage un brin sa migraine. Ils se retrouveront plus tard.

Wiktor regarde, pensif, par la fenêtre du jardin. Il manque un rideau. Le soleil blême essaie de rivaliser avec les nuages sombres. Il parvient un peu à éclairer ce qui reste du potager et des parterres de fleurs d'Aniela. Les mauvaises herbes ont tout envahi. Il y a bien longtemps que Wiktor est allé à l'arrière de la maison. Les nuages gagnent la bataille. Ils descendent et s'accrochent aux deux terrils et laissent s'échapper une bruine froide. Le mal de tête de Wiktor persiste. Il finit son café puis ouvre le réfrigérateur pour récupérer une bouteille de bière puis d'un geste brusque, il referme la porte.

Il se dirige vers la fenêtre et s'appuie sur le montant de bois à la peinture écaillée. Il admire le fond du jardin et les herbes sauvages qui le colonisent à travers les vitres sales et les volutes de fumée. Il achève sa nuit debout dans la cuisine, une bière à la main et le regard vide jusqu'à ce que la sonnette retentisse et le tire de sa léthargie. Il pose la bouteille et le mégot sur un coin de la table et s'approche de l'entrée. Il se racle la gorge et il essaie de s'éclaircir la voix. Son mal de tête collé aux tempes. Derrière la porte, Wiktor demande.

— Qui est là ? C'est pourquoi ?
— C'est la mairie de Loos et l'huissier. Vous êtes bien Wiktor Maciej ?
— Oui. C'est bien moi. Que voulez-vous ?
— Pouvons-nous entrer ?

Il regarde furtivement le désordre autour de lui. Il tire précipitamment la porte de la cuisine et attrape un vieux blouson qui dormait sur une patère. Il passe sa main dans ses cheveux vers l'arrière. Il s'aventure, pour la première fois depuis longtemps, dans la salle à manger. L'endroit n'a pas changé depuis la mort de son père. Il fait le tour de la pièce étroite et enlève prestement les draps qui recouvrent les meubles. Il roule les morceaux de tissus sales. Il les pose derrière un fauteuil. Il s'approche et tourne la clé.

> — Oui. Oui. Une minute. Voilà. Voilà. J'arrive. Entrez.
> — Bonjour monsieur Maciej, disent à l'unisson les deux importuns en pénétrant dans la maison.
> — Entrez là, indique Wiktor en montrant de la main la salle à manger. Alors ? C'est pourquoi ?

Il fixe les deux personnes. En face de lui se trouve une femme mûre. Elle n'est pas très grande et porte, sous un manteau de laine, un tailleur bleu sombre avec une veste assortie. Un pendentif en or jaune et camée descend sur sa poitrine et sur un chemisier blanc à jabot. Son visage rond est coiffé d'un brushing impeccable. Elle porte à sa main gauche une fine bague en argent surmontée d'une pierre rouge. L'homme qui se tient à côté d'elle est plus jeune. Wiktor évalue son âge à une trentaine d'années. Sous un long imperméable noir, il est empesé dans un costume bon marché de couleur grise. Sous sa veste, un pull léger à col roulé lui sert de minerve. Il toise Wiktor d'une bonne tête. Il a un visage poupin rasé de frais. Ses yeux marron lui donnent un air sévère. Il ne lâche pas un cartable de cuir brun.

> — Pouvons-nous nous asseoir ? Demande la femme à Wiktor.
> — Oui... oui. Mais de quoi s'agit-il ? s'inquiète Wiktor en serrant son blouson pour cacher son vieux tee-shirt.
> — Voilà, continue le jeune homme. Nous sommes là pour vous signifier officiellement que vous

devez quitter ce logement dans les plus brefs délais !
— Mais... mais... balbutie Wiktor.
— Depuis le décès de votre père, vous occupez illégalement ce logement ! Nous devons le récupérer ! D'ailleurs ! Vous êtes encore sous la responsabilité de votre tante. C'est bien ça ?
— Non. Enfin Oui. Je crois...
— Aucun loyer n'a été payé depuis... depuis... Presque cinq mois ! reprend l'employée en triturant sa bague.
— Mais... mais... le décès, l'enterrement, je... je vais trouver une solution. Donnez-moi un délai. Je vous en prie !
— Vous êtes sans travail, n'est-ce pas ? De plus, vous n'avez pas répondu à nos courriers et à nos relances ! affirme l'homme au col roulé.
— Mais... c'est dur, vous savez, mais j'ai un travail dans un garage. J'aurai bientôt un salaire fixe et je pourrai régler tout ce que je dois. Je...
— Écoutez ! Nous avons été plus que patients avec vous. Un garage ! La belle affaire ! Et le loyer alors ? Il faut vous motiver et aller de l'avant. Vous êtes jeune ! Vos parents sont morts, d'accord. Mais les miens aussi ! Et je me bouge tous les jours ! On a tous nos problèmes, fit-elle remarquer avec agacement.
— J'ai besoin de temps. Laissez-moi un peu de temps. Je vous le demande, supplie Wiktor, complètement abattu.
— Nous n'avons pas de temps à perdre, car une famille attend pour reprendre ce logement. Vous ne vous êtes pas présenté au tribunal malgré les innombrables courriers. Nous avons déjà récupéré une partie des loyers en retard sur l'ancien

compte de vos parents. Voici le papier officiel de votre expulsion. Vous avez deux mois ! assène l'huissier d'une voix monocorde et solennelle.

Le couple redoutable se lève comme un seul homme et sans aucune émotion. Ils laissent Wiktor abasourdi assis devant la table et les yeux fixant la toile cirée élimée. Sans dire un mot, il effleure de ses doigts ce qu'il reste d'animaux imprimés sur le vieux tissu émaillé. Avant de quitter la maison, l'agent de la mairie balaie du regard la salle à manger et le vestibule en haussant les épaules et en parlant fort.

— Quand je vois l'état de cette maison ! C'est lamentable ! Un taudis ! Il y a un énorme travail de nettoyage et de rafraîchissement. Comment peut-on vivre comme ça ? s'offusque-t-elle.

Wiktor n'entend pas la remarque acerbe. Il perçoit vaguement le claquement de la porte. Ses doigts finissent par toucher le document officiel posé sur la table. Son mal de tête n'en finit pas de frapper son crâne. Il a la nausée. Il se lève d'un coup et gagne les toilettes. Il s'appuie d'une main sur le mur et vomit son café froid et tout l'alcool ingurgité la veille. Il a l'impression que ça ne s'achèvera jamais. Il a d'intenses douleurs de ventre et les jambes coupées. Au bout d'un moment. Une éternité. La gorge irritée et un goût détestable dans la bouche, il déchire plusieurs feuilles de papier toilette pour s'essuyer les lèvres et le menton. Il tire sur la chaîne et file dans la cuisine pour boire un verre d'eau. Il reste prostré devant le filet d'eau qui tombe dans l'évier. Un rayon de soleil inonde la pièce et projette l'ombre de la fenêtre sur le carrelage rouge.

Aniela

Wiktor a tout juste dix ans quand sa mère est admise à l'hôpital de Lens pour un cancer de l'estomac. Les médecins sont très réservés sur l'état de santé d'Aniela. Elle a tellement attendu avant de consulter un praticien que les tumeurs cancéreuses se sont largement développées. Le traitement « renforcé » ne résout rien. Aniela s'amaigrit. Elle ne supporte pas l'hôpital. Wiktor et Andrzej lui rendent visite le plus souvent possible. Ils prennent un bus pour venir jusqu'au centre de soins. Wiktor aime bien le trajet. Comme le jardin dépérit, le jeune garçon s'applique à dessiner des fleurs pour égayer le coin de la chambre de sa mère. Andrzej ne dit rien. Il fait face, mais il est dépassé par le quotidien. Depuis que les puits sont fermés, il alterne les périodes de chômage et les missions dans plusieurs industries métallurgiques de la région. Il passe beaucoup de temps au « *Onze* » et peu à la maison. Wiktor reste seul. Il s'ennuie. Il attend avec impatience les jours où, avec son père, ils partent à Lens, au chevet d'Aniela.

Le calvaire et les souffrances d'Aniela ont pris fin quelques mois plus tard. Wiktor se souvient bien de ce jour d'hiver. Quelques flocons étaient tombés et coiffaient les deux terrils d'une belle couverture blanche. Une poudre de la même couleur tapissait la ville, les toits et la rue devant la maison. Wiktor était déçu, car il n'y avait pas assez de neige pour envisager un bonhomme. L'hôpital avait appelé pour prévenir Andrzej. Il devait venir au plus vite. Wiktor n'a pas eu le temps de terminer son dessin. Le voyage en bus a été un peu plus long que d'habitude à cause de quelques glissades sur la chaussée gelée. Dans le bâtiment, il a dû rester dans la salle d'attente son image inachevée à la main, pendant que l'infirmière accompagnait son père dans la chambre d'Aniela. Il est revenu d'interminables minutes plus tard. Il avait les yeux rougis et le teint blême. Il s'est assis à côté de Wiktor. Sans le regarder, il a juste murmuré quelques mots.

> — Wiktor, ta mère ne reviendra pas. Elle est morte. Elle est partie dans son sommeil. Saloperie de cancer... Saloperie de cancer...
> — Morte ? Mais... mon dessin ?
> — Wiktor, elle n'en a plus besoin. Non, elle n'en a plus besoin.
> — Papa ?
> — Oui, Wiktor.
> — Les médecins devaient la sauver ! J'ai besoin d'elle. Qu'est-ce qu'on va devenir ?
> — Je... je ne sais pas. Je ne sais plus.
> — Papa ?
> — Oui, Wiktor.
> — Je voudrais voir maman. Emmène-moi, s'il te plaît.
> — Tu crois ? Je ne sais pas. Tu es... si jeune.
> — Papa ! J'ai presque onze ans ! Je veux la voir et lui donner mon dessin.
> — D'accord. Si tu veux. Je vais demander à l'infirmière.

Dans la chambre à la peinture bleu clair, le store est baissé. La lumière du jour peine à éclairer la pièce. La voisine d'Aniela a été changée de salle. Un paravent masque le lit. Il écarte le rideau et découvre sa mère immobile et les yeux clos. Son visage maigre et creusé paraît apaisé. Une multitude de fils et de tuyaux enserrent son corps décharné. Il s'approche et prend la main de sa mère. Elle est froide et douce. Il dépose délicatement le dessin sur le drap puis il couche sa tête sur la main d'Aniela. Une larme coule sur sa joue. Elle tombe sur sa main d'enfant puis dans celle de sa mère.

Le voyage de retour à la maison est froid et humide. La neige s'est transformée en une boue sale et grise. Andrzej est muet. Le jour des obsèques, Wiktor s'habille seul avec les plus beaux vêtements qu'il trouve dans l'armoire de sa chambre. Il porte le pantalon bleu foncé qu'il adore, mais qu'Aniela devait donner depuis longtemps. Il est un peu trop court et laisse apparaître ses chaussettes de laine beiges. Sous un gilet sans manche également en laine, il revêt une chemise à petits carreaux bleu royal. Il l'a fermée jusqu'au dernier bouton. Le pull léger comporte de gros motifs écossais. Assis sur son lit, il s'efforce d'enfiler une paire de souliers en cuir. Les chaussures sont trop étroites, mais il réussit quand même à les porter. Sa mère les lui avait achetées il y a plus d'un an pour le mariage d'un cousin d'Arras dont il ne se rappelle pas le nom. « *Jordan ? Jacek ? Jan ? Un prénom comme ça.* » Essaie-t-il de se remémorer jusqu'à ce que son père l'appelle du bas de l'escalier pour partir à pied vers l'église Saint-Vaast.

Wiktor, enveloppé dans son manteau et la moitié du visage caché par une épaisse écharpe de laine, marche avec difficulté. Ses chaussures lui font mal et il s'efforce, à chaque foulée, de trouver la position la moins douloureuse. Son père marche dix pas devant. Il maugrée quand il voit son fils avancer en tortillant les jambes. Ils arrivent à l'église avec presque dix minutes de retard. Andrzej enrage en dedans. Il attrape son garçon par le col et lui fait monter d'un seul coup les quatre marches du parvis. L'intérieur de l'édifice est presque vide. Il s'approche de l'hôtel devant lequel repose le cercueil de sa mère. Il regarde à droite puis à gauche les rangées occupées. Il reconnaît les compagnes de labeur de sa maman. Il plisse le nez quand il aperçoit les compères du « *Onze* » et les anciens mineurs. Pendant toute la cérémonie, il tente de trouver une position confortable afin d'éviter de trop souffrir des pieds. Finalement, n'y tenant plus, il défait les lacets et retire discrètement et en douceur ses pieds sensibles des étroits fourreaux.

Le supplice recommence au moment où il faut marcher jusqu'au cimetière. Il pense à autre chose. Il donne la main à Anna, la grande amie de sa mère. Il voit bien les yeux rougis et les larmes qui, avec le froid, glissent lentement sur ses joues roses. Il regarde vers le ciel. Sous un plafond peint en bleu, un cortège de nuages blancs se presse dans le sens inverse. Des hommes vêtus de noir portent le cercueil jusqu'à la rangée « *T* ». Il est rassuré. Il aperçoit au loin, de l'autre côté du mur d'enceinte, les « *deux jumeaux* ». La neige a disparu du sommet des terrils. Ils vont veiller sur sa mère. « *Maman, tu ne seras pas seule* », se dit-il en sanglotant. Il essuie ses larmes d'un revers de sa manche et contemple la boîte en bois qui descend dans le trou. Puis il relève les yeux et regarde les crassiers. Le vent froid caresse ses joues entre les baisers de la famille et des amis.

La fin de la journée se termine à la maison. Il se précipite dans sa chambre pour retirer ses chaussures. Il se frotte les pieds avant d'enfiler une paire de baskets. Il prend avec précaution les deux souliers et les range dans son armoire. Il s'assoit un moment en haut de l'escalier. La demeure est pleine de gens. Certains sont connus et d'autres non. Un grand buffet se prépare. Les discussions forment un brouhaha triste et joyeux à la fois. Il descend et se mêle à l'assemblée. Il circule entre tous les convives et ramasse les sourires et les baisers. Il jette des coups d'œil inquiets et réprobateurs à son père qui, collé au dressoir, cause fort et vide verre après verre. Il n'aime pas quand son papa fait ça. Il connaît par cœur les fins de soirée bruyante et violente parfois. Il a peur.

Il est le seul enfant. Aujourd'hui, il est dispensé de classe. Il n'a jamais vu autant de monde chez lui. La table de la salle à manger est couverte de plats et de mets. Wiktor, sans avoir faim, goûte un peu à tout. La réception dure toute l'après-midi et toute la soirée. À la tombée de la nuit, il se réfugie dans un coin de la pièce du buffet. Il est fatigué. Il s'assoit sur le petit fauteuil de sa mère. Celui à côté duquel se trouve son panier de laine. Ce fauteuil « bergère » dans lequel elle passait ses veillées à tricoter ou à repriser en écoutant la radio. Il se recroqueville et s'assoupit.

Andrzej

Le réveil est difficile pour Wiktor et Andrzej. Il faut apprendre à vivre sans une mère. Il faut apprendre à vivre sans une femme. Au début, Anna vient souvent à la maison. Elle met un peu d'ordre dans la demeure et s'occupe beaucoup de Wiktor. Tous les deux entretiennent aussi le jardin qui reprend un peu de sa splendeur. Ils sont heureux de pouvoir s'aventurer dans le domaine d'Aniela. Ils évoquent avec gourmandise et nostalgie tous les instants passés avec elle dans cet espace fleuri. Wiktor se rassure et retrouve le sourire. Anna est là également pour les devoirs, mais c'est aussi difficile pour elle que pour lui. Il a beaucoup de mal à se concentrer. Il ne voulait pas quitter son instituteur de primaire. Lui souhaitait rester encore dans cette classe qui sentait la craie, la colle blanche et le mazout. Il n'aime pas le béton du collège. Il n'aime pas changer de salles et tout va trop vite ; surtout les cours, les leçons et les devoirs. Il est perdu.

Andrzej a repris le chemin de l'atelier et celui du bar. Il ne parle presque pas à son fils. Il ne parle jamais d'Aniela. Il parle fort et boit à l'excès avec ses camarades d'ivresse. Il revient toujours tard à la maison. Bien souvent, Wiktor s'apprête à se coucher. Parfois, il monte dans sa chambre alors même qu'Andrzej n'est pas rentré. La maison est petite, mais il a peur. Il commence par allumer toutes les lumières puis inspecte tous les coins de sa minuscule chambre. Il se glisse sous la couette et reste prostré jusqu'à ce qu'il entende la porte d'entrée et les pas maladroits de son père. Il lui arrive souvent de se réveiller la nuit après d'horribles cauchemars. Il écoute tous les bruits et voit passer des ombres. Tétanisé, il n'ose même pas tendre la main pour actionner l'interrupteur de sa lampe de chevet. Quand il y parvient enfin, son cœur tambourine si fort dans sa poitrine qu'il voudrait sortir. Il aimerait bien rejoindre le lit de ses parents et les bras de sa mère, mais il ne bouge pas. Il finit par s'endormir avec la veilleuse allumée.

Les mois et les années passent très vite dans l'ancienne cité minière. Wiktor grandit. Anna s'occupe toujours de la maison et aussi de la garde-robe du garçon même si Andrzej rechigne souvent à donner de l'argent pour ça. À son immense regret, Wiktor s'attarde un peu plus de temps que prévu au collège. Il est distrait et s'ennuie. Il « *papillonne* » comme disent ses professeurs. Personne ne remarque les absences de Wiktor. Elles sont de plus en plus fréquentes. Les appels et les mots de l'établissement à Andrzej, restent sans réponse ou c'est Wiktor qui prend les choses en main. Il se rend lui-même aux convocations et signe billets et bulletins.

Il traîne très régulièrement près des deux jumeaux de terre avec la bande de Cassin et affronte souvent ceux de Grenay. Un soir, il est rentré à la tombée de la nuit, le blouson déchiré, le pantalon couvert de boue, le visage tuméfié et la lèvre rouge et gonflée. Il pensait être seul, mais son père était déjà revenu du travail et l'attendait de pied ferme. Quand il l'a vu arriver dans cet état, il s'est mis dans une colère brutale et furieuse. Il a déchargé toute sa hargne et ses frustrations d'ivrogne sur son fils. D'abord les injures qui se sont abattues telles des flèches sur Wiktor puis les coups qui sont descendus pareil à la grêle qui frappe la verrière au-dessus de la porte du jardin. Il a eu juste le temps de s'abaisser et de se protéger comme il pouvait avec ses bras et ses mains. Andrzej est grand et robuste. Il a un visage massif et carré. Il a perdu ses cheveux dans les couloirs obscurs de la mine. Ses yeux bleus deviennent gris foncé quand il est furieux. Ses pognes sales sont immenses et ressemblent à des battoirs. Elles frappent Wiktor. Bien après que l'orage a cessé, il reste blotti sur lui-même au pied de l'escalier. Il attend que la porte de la salle à manger claque et que la télévision hurle avant de se relever doucement.

Sans faire de bruit, il se glisse dans le cabinet de toilette et tire le rideau de séparation en accordéon. Il se déshabille avec difficulté dans cet espace minuscule. Il forme un tas de ses vêtements sales et déchirés et monte dans le bac à douche installé récemment. Il actionne les robinets. Il patiente en tremblant jusqu'à ce que l'eau tiédisse. Il s'avance petit à petit sous le mince filet de pluie. L'eau ruisselle sur ses cheveux noirs et glisse sur son visage. Quand elle passe sur sa lèvre gonflée et douloureuse, elle se mêle à des larmes salées. Malgré les courbatures et les bleus, il se savonne puis se rince abondamment. Il ferme les robinets puis il s'essuie sommairement. Il se rhabille à moitié et grimpe dans sa chambre.

***

Wiktor fête aujourd'hui ses seize ans. Anna a organisé une petite célébration à la maison. Quelques copains de Wiktor sont venus. Ceux de « *sa bande* ». « *Deux amis pour la vie* » comme il dit. Autour de son père, la famille et les proches d'Aniela. La journée est belle et le printemps donne un peu de chaleur et des fleurs au jardin. Les fenêtres sont ouvertes et le buffet est dressé dans la salle à manger. Andrzej bourru et renfrogné reste à l'écart avec deux de ses cousins. Wiktor est heureux et profite de toutes les victuailles de la table ; des spécialités polonaises qu'il adore. Avec ses deux amis, ils gloussent d'abord puis ils rient franchement. L'instant devient solennel quand Wiktor souffle sur le gâteau et déballe son cadeau. Un paquet rectangulaire de petite taille enveloppé dans un papier beige et cerclé d'un ruban marron. Il le défait avec fébrilité. Il découvre un rutilant couteau suisse aux fonctions multiples. Il toise son père et lève le menton d'un coup sec. Puis il se dirige vers Anna et l'embrasse tendrement.

Vers le soir, la fraîcheur revient et pénètre dans la demeure. Les fenêtres sont fermées et les invités quittent petit à petit la maison. Wiktor et ses amis débarrassent et rangent la salle à manger. Avant de partir, ils lavent la vaisselle sous le regard bienveillant d'Anna. Sur le pas de la porte, Wiktor salue ses copains puis il disparaît dans sa chambre. Andrzej, affalé dans le canapé défoncé du séjour, somnole. Anna rouvre la fenêtre qui donne sur le jardin. Les coudes sur l'appui de ciment, elle laisse la douceur du soir lui caresser les joues. Elle pense en souriant à Aniela. Alors qu'elle est plongée dans ses souvenirs, elle sent tout contre elle la force du corps d'Andrzej. Il souffle son haleine chargée d'alcool dans le cou d'Anna. Elle tente de s'échapper, mais il a posé ses deux mains sur le rebord et tire sur ses bras en pressant fermement et avec insistance son bas ventre sur le postérieur d'Anna. Il profite de cette position pour planter sa bouche dans le cou de sa proie. Il lui lèche l'oreille et remonte ses doigts sur les seins de sa prisonnière. Elle essaie de toutes ses forces de se dégager de cette étreinte forcée. Andrzej s'acharne.

— Allez. Anna. Laisse-toi faire. Je suis sûr que tu en as envie. Je le sens bien.

— Lâche-moi Andrzej ! Laisse-moi ! Je ne veux pas
et tu le sais bien ! Si tu insistes, je crie !
— Je m'en fiche ! Tu peux bien crier. J'ai envie de
toi !
— Pas moi Andrzej ! Arrête ! Tu me fais mal !
— Allez. Anna. Un petit coup vite fait ! En souvenir
d'Aniela. Comme avant !
— Arrête ça immédiatement ! Tu dis n'importe quoi.
Je ne veux pas. Tu entends ? Pour la dernière
fois, lâche-moi !
— Je sais ce que tu veux ! soutient-il en glissant
une de ses mains sous le corsage d'Anna.
— Arrête ! Enlève tout de suite tes sales pattes !
hurle-t-elle.

Alerté par les cris, Wiktor dévale l'escalier et surgit
dans la cuisine. Quand il découvre la scène, il se jette sur
son père et lui ceint le cou avec son bras. Il se recule et
libère Anna. Il lâche le cou de son père, le fait basculer sur
le côté. Il serre le poing et lui assène un coup violent à la
mâchoire. Il se tient la main. La douleur est vive. Dans
l'intervalle, Anna récupère la lourde barre de fer qui permet de bloquer les volets. Elle la soulève et renverse le pot
de fleurs posé sur le rebord de la fenêtre. Elle frappe de
toutes ses forces Andrzej. Il s'écroule sur le sol. Il gît au
milieu de la cuisine entouré d'une dizaine de débris de
grès. Une terre noire s'est répandue dans toute la pièce.
L'homme est face contre terre. Il a une plaie béante à l'arrière de la tête d'où s'écoule un filet de sang. Wiktor transpire et ses mains tremblent. Il est tétanisé. Pendant
quelques secondes, Anna regarde sans bouger le corps
d'Andrzej puis elle repose la barre à sa place. Elle remet
son chemisier dans son pantalon et s'agenouille près du
corps. Elle appuie deux doigts sur le cou d'Andrzej et lève
les yeux vers Wiktor.

— Il vit !

— Il... est en vie ? Tu es sûre, Anna ?

— Oui. Oui. C'est une solide brute !

— Que fait-on ? interroge Wiktor.

— Appelle les pompiers tout de suite. C'est un accident. Il a trop bu et a glissé dans la cuisine. Allez ! Va !

— D'accord Anna. J'y vais.

— Wiktor ? Tout ça reste entre nous. C'est compris ?

— Oui, Anna.

Il décroche le vieux téléphone posé sur le guéridon de l'entrée et compose le numéro des secours. Au bout de plusieurs minutes d'attente, il explique à son correspondant que son père a trop bu et qu'il est tombé dans la cuisine. Il ajoute qu'il est inconscient et qu'il a une plaie à la tête. Après avoir donné son adresse, il raccroche. Il retourne sur les lieux du drame. Anna a déjà ramassé les débris du pot et balayé la terre.

— Wiktor ? On dira qu'il s'est cogné sur l'angle de la table. C'est bien d'accord ?

— Oui. Anna. C'est bien ça.

Depuis la fenêtre ouverte de la cuisine, la sirène se fait entendre. Lorsque la sonnette de la maison retentit, Wiktor sursaute. Son cœur s'emballe. Il respire profondément et s'approche de la porte d'entrée. Derrière la petite vitre opaque de la porte, il distingue la lumière bleue d'un gyrophare. Il ouvre le battant et laisse entrer deux secouristes. D'un geste de la main, il leur indique le lieu de l'accident. Un troisième homme suit en portant un énorme sac à dos. Wiktor et Anna se tiennent en retrait pendant que les urgentistes s'occupent d'Andrzej. Ils prodiguent les premiers soins. Ils questionnent rapidement les deux témoins sur les circonstances du drame. Les réponses leur semblent cohérentes avec l'accident même si le médecin grimace quand il retourne le corps et lui découvre une mâchoire fracturée et du sang autour de la bouche. Il n'insiste pas plus. Il pose une attelle sur le cou d'Andrzej. Les deux autres secouristes l'installent avec précaution sur un brancard. Le praticien fixe un masque à oxygène et une perfusion au blessé et indique qu'il peut être emporté. Il fait signer quelques documents à Anna puis il s'en va en laissant la maison ouverte. Anna et Wiktor demeurent silencieux au milieu de la cuisine devant une flaque de sang. Les portières de l'ambulance claquent. La sirène hurle et s'éloigne.

Plusieurs semaines passent. Andrzej est sorti du coma, mais il ne parle plus. Il ne reconnaît plus personne. Les médecins ont découvert que son foie était malade et qu'il devait rester à l'hôpital pour longtemps. Wiktor est encore mineur. Comme il ne peut pas vivre seul, la sœur aînée d'Andrzej, une vieille fille au caractère bien trempé, quitte son logement de Lens pour la cité minière. Elle n'aime pas Wiktor. Elle le trouve laid et chétif. Elle prend son rôle de tutrice au sérieux et ne passe rien à Wiktor. Il accepte difficilement ces nouvelles conditions de vie, mais il est content de partir du collège pour un apprentissage en réparation automobile. La cohabitation avec sa tante est compliquée. Wiktor ne supporte pas son air méprisant et ses reproches incessants. Ils s'ignorent le plus souvent. Les repas sont silencieux. Dans la petite maison de briques l'atmosphère est lourde et les relations tendues. Un rien suffirait à faire exploser la maison Maciej. Wiktor n'a pas de nouvelles d'Anna.

Le garage Peloso

Lorsqu'il n'est pas à l'école, il travaille dans le petit garage de Luigi Peloso. L'homme, fils d'immigré italien, garde un accent prononcé et une moustache fine qu'il aime à entretenir et à rouler sous ses doigts même encrassés. Wiktor apprécie bien Luigi. Sa casquette de cuir ne le quitte jamais. Même quand il se glisse sous une voiture. Il la soulève de temps en temps pour se gratter le haut du crâne. Il est fier de porter sa combinaison de boulot avec l'écusson au cheval cabré de sa marque favorite. Dans l'armoire de fer du vestiaire, il a déniché une cotte de travail pour Wiktor. Elle est un peu grande pour lui, mais dedans il se sent déjà quelqu'un. Ce vêtement appartenait au fils de Luigi décédé trop jeune dans un accident de la route. Luigi passe beaucoup de temps avec Wiktor. Il le prend sous sa coupe et prend plaisir à lui enseigner les bases du métier. Wiktor aime ces odeurs d'huile de moteur, de caoutchouc et d'essence. Quand vient le soir, il quitte avec regret l'atelier.

Wiktor traîne des pieds pour rentrer à la maison auprès de sa tante. Il rate souvent son bus et préfère flâner dans le centre et la salle de jeux vidéo. Il y retrouve ses amis des terrils et bat tous les scores au simulateur de conduite. Il ne pense pas à son père, mais, sur l'insistance de sa tutrice, il se rend bon gré mal gré à son chevet. Andrzej semble ailleurs. Il regarde fixement. Il a toujours un filet de bave à la commissure des lèvres. Au dire des médecins, son état ne s'améliore pas malgré les traitements. Wiktor a du mal à lui parler. Parfois, le personnel infirmier installe Andrzej dans un fauteuil roulant. Il se force alors à descendre son père à l'extérieur du bâtiment. Silencieux, il pousse doucement le fauteuil. Il s'éloigne un peu et s'assoit sur un banc pour fumer une cigarette. Les deux hommes, dans le temps arrêté, regardent vers la ville. Derrière eux se joue un ballet intermittent de lumières bleues et d'ambulances au son discontinu des sirènes. Wiktor écrase sa cigarette et se frotte les doigts. Il souffle dedans. Il remonte la couverture sur les épaules et le cou de son père. Sans parler, il reconduit Andrzej dans sa chambre. Il le laisse aux mains des soignants et part sans se retourner. Il ne le reverra jamais. En dépit des traitements, la maladie a eu raison d'Andrzej. Il s'est éteint un jour glacial de février et repose désormais au côté d'Aniela. La cérémonie a été courte et silencieuse. Seuls deux survivants des compagnons du « *Onze* » étaient là. La sœur d'Andrzej était présente elle aussi. Elle est restée aussi impassible et froide que le marbre des tombes.

Deux ans sont passés et Wiktor est encore sous la tutelle de sa tante mais plus pour longtemps. Elle est retournée dans son appartement de Lens et Wiktor occupe seul la maison de la cité minière. Wiktor apprendra le jour de la visite de ses logeurs que la tante, en tant que tutrice légale, puisait allègrement dans les comptes d'Aniela et d'Andrzej et oubliait de payer les loyers et les factures.

À la fin de l'année scolaire, il obtient brillamment son diplôme de mécanique automobile. Au garage Peloso, l'heure est à la fête. Luigi a lavé sa combinaison et lustré sa moustache. Wiktor sourit. Anna est là également. Pour cette occasion, elle a répondu au message de Wiktor. Au milieu, des voitures aux capots ouverts, des outils, des piles de pneus et des bidons, se dresse une table couverte d'une nappe blanche et d'un modeste buffet. Simona, la femme de Luigi et leur fille Alice s'affairent autour de la tablée. Luigi ne peut pas s'empêcher de faire un discours grandiloquent.

> — Aujourd'hui est un grand jour ! « *È un grande giorno !* » Je suis fier d'avoir accompagné ce jeune homme vers un beau métier ! « *Una bella professione !* ». Quand tu es arrivé ici tu ne savais pas manier un seul des outils et aujourd'hui te voilà le roi de la mécanique ! « *Il re della meccanica !* » Wiktor ! Tu es un jeune homme doué pour ce métier. Je te considère comme mon fils. Tu fais partie de la famille. « *Sei parte della famiglia !* ». Je souhaite, si tu le veux, que tu continues à travailler avec moi.

Luigi soulève et réajuste sa casquette sur sa tête. Il roule sa moustache puis il attrape un des verres sur la table et le porte en direction de Wiktor. Lui, un peu timide et gêné, mais fier, imite Luigi et lève son verre à son tour. Anna, Simona et Alice suivent le mouvement. Luigi avale une gorgée puis trinque avec lui. Anna s'approche de lui et remarque tout de suite qu'il ne quitte pas des yeux Alice.

> — Je suis très fière de toi, Wiktor, et Aniela aussi j'en suis sûre, chuchote-t-elle.
> — Merci Anna. Je suis content que tu sois venue. Tu m'as manqué.
> — Je sais Wiktor. Je suis vraiment désolée, mais après… tu sais. J'avais besoin de mettre un peu de distance. Tu comprends Wiktor ?
> — Oui. Oui. Anna. Je sais, assure Wiktor.

— Wiktor ? Et Alice ? J'ai bien vu ton regard. Toi.
Tu es amoureux. Je me trompe ? susurre Anna
à l'oreille de Wiktor.
— Heu... et bien... rougit Wiktor.
— J'ai compris Wiktor. C'est bien. Je suis heureuse
pour toi, poursuit Anna.
— Anna, personne n'est au courant. Pour le mo-
ment, on se cache un peu, murmure Wiktor.
— Alors ? On fait des cachotteries ? demande en
souriant Luigi.
— Heu... Non... non... monsieur Peloso. On évoque
juste des souvenirs, improvise Wiktor.
— Ha ! Oui ! C'est bien ! Venez trinquer et vous ré-
galer avec la focaccia au romarin que Simona a
préparée. C'est sa spécialité ! indique Luigi avec
des yeux gourmands.
— Oui. Monsieur Peloso.
— Wiktor ! Appelle-moi Luigi, tu veux bien ?
— D'accord. C'est noté, monsieur Pel... Luigi.

Cet après-midi, le garage Peloso est fermé. La fête se
prolonge dans la maison attenante autour d'un repas co-
pieux. Anna quitte les lieux avant que la nuit tombe. Elle
prend Wiktor dans ses bras et le serre longuement contre
elle.

— Wiktor. Ta mère serait très fière de toi. Je suis
tellement contente pour toi. Un jour, il faudra
qu'on parle. Tu m'appelles ! C'est d'accord ? Tu
ne m'oublies pas. Sois heureux, murmure-t-elle
à l'oreille de Wiktor.
— Merci Anna. Merci d'être là. Merci pour tout, répond Wiktor.

Wiktor quitte la maison Peloso en début de soirée. Il retrouve ses amis dans un bar du centre-ville. Alice les rejoindra plus tard.

Il adore lever le lourd rideau de fer du garage. Le matin, il passe par la petite ruelle. Sur le côté du bâtiment, il ouvre la grille puis la porte qui mène à l'atelier. Il est fier depuis que Luigi Peloso lui a donné un trousseau de clés. Il aime les odeurs qui flottent dans le hangar. Il est heureux de retrouver les voitures qui attendent sagement leurs réparations. Tout est calme et tranquille. Il enclenche les gros interrupteurs. Les néons de lumière blanche s'allument un à un en émettant un léger bourdonnement. Au bout de quelques secondes, le garage est complètement éclairé. Il referme la petite porte et s'avance vers la devanture.

Il déverrouille le rideau métallique puis il appuie sur le bouton qui en permet l'ouverture. Il se rend directement au vestiaire pour enfiler sa salopette de travail. C'est le moment ou Luigi Peloso quitte son logement au-dessus du garage et descend dans le bureau vitré qui jouxte l'atelier. Dès que Wiktor est habillé, il récupère les consignes auprès de son patron et se met au travail. Par grand froid, il prend le temps de se chauffer les mains contre le radiateur du bureau, enfile des mitaines de laines puis souffle dans ses doigts. La journée commence.

Les rayons du soleil ont du mal à se glisser dans le garage, mais Wiktor a sa source de lumière. Il attend avec impatience le moment où Alice quitte le logement familial et traverse l'atelier. Il s'interrompt et admire, timidement, la fille de Simona et Luigi Peloso. Si jamais elle tourne le regard dans sa direction, il baisse immédiatement les yeux et reprend son ouvrage en jouant l'indifférence. Son cœur bat un peu plus vite et se gonfle d'une énergie nouvelle pour lui. Après ça, il se sent heureux pour la journée.

Alice

Un jour pluvieux d'avril, le couple Peloso part pour Paris au chevet d'une lointaine cousine gravement malade. Luigi fournit une liste précise de tâches à Wiktor et lui donne une accolade amicale. Simona laisse dans le bureau un plein panier de victuailles et de spécialités italiennes recouvert d'un torchon blanc. Elle sourit et passe sa main sur sa joue légèrement salie.

Comme à son habitude, Alice traverse le garage. Elle fait exprès de le frôler. Lui, s'empresse de se cacher derrière le capot ouvert d'un vieux modèle de Renault. Il peut sentir les effluves de son parfum frais et subtil. Il se concentre sur le démontage d'un serre-joint qui maintient une durite. Quand il relève la tête, il se trouve face à Alice. Il est surpris. Une bouffée de chaleur lui parcourt le corps et rougit ses joues. Elle ne dit rien. Elle sourit. Elle s'approche au plus près de lui et dépose ses lèvres sur les siennes. Wiktor, désemparé, ferme les yeux. Lorsqu'il les rouvre, Alice est déjà presque dans la rue. Elle le regarde et agite légèrement sa main.

— À ce soir ! Wik ! lance-t-elle en lui envoyant un baiser.

Il n'en revient pas. Il laisse tomber son outil. Il se penche pour le ramasser. « *Elle m'a embrassé. Elle m'a appelé Wik. Je n'avais pas entendu ce surnom depuis longtemps, très longtemps...* » songe-t-il. Il augmente le volume de la radio et reprend son travail en pensant à ce baiser et à Alice. Ses cheveux brun foncé, presque noirs, ondulent sur son petit visage oblong à la peau claire. Elle a maquillé légèrement ses yeux verts, étincelants et charmeurs. Il a complètement oublié comment elle était vêtue aujourd'hui. Ce qu'elle aime ce sont les jeans, les chemisiers, les vestes courtes et les tennis. La journée passe très vite pour lui. Il exécute les tâches assignées par Luigi Peloso, mais son esprit ne peut se détacher d'Alice. Il s'humecte les lèvres pour retrouver le goût de ce baiser.

Vers le soir, le ciel s'est chargé d'allumer les réverbères et il pleut toujours. Il range les outils puis il se rend au vestiaire. Il se lave longuement les mains, mais n'arrive pas à faire disparaître complètement toute la crasse. Au moment de récupérer le panier de provisions, il aperçoit Alice qui rentre de sa journée de cours. Elle le rejoint dans le bureau.

— Comment ça va, Wiktor ? Tu as passé une bonne journée ? dit-elle en souriant.
— Oui... oui, répond timidement Wiktor sans oser la regarder.
— Bien ! Bon. Et si l'on montait à la maison ? Je t'invite.
— Mais... je ne sais pas... tes parents.
— Allez ! Mes parents sont à Paris et ne reviennent que demain. Tu ne vas pas rentrer avec ce temps. On va manger ensemble. Tu veux bien ?
— Bon. Bien. C'est d'accord. Je partirai dès que la pluie aura cessé.
— Oui. Oui. On verra. Viens. N'oublie pas le panier.

Il saisit l'anse du panier et emboîte le pas d'Alice. Il referme le bureau et s'avance vers le lourd rideau. Il le fait descendre et le cadenasse. Il s'assure que la petite porte est elle aussi close et rattrape Alice dans l'escalier qui mène au logement des Peloso. Il n'est venu là que deux fois. Alice le guide à travers le grand appartement jusqu'à la cuisine. Le mobilier est simple. La décoration est sobre. Quelques photographies encadrées invitent à emprunter le couloir. Des paysages lointains et des portraits en noir et blanc. Un tapis épais court tout le long du corridor. Le chemin qui mène à la cuisine est parfumé. Un mélange subtil d'huile d'olive, de pain grillé, de tomates et de fromage. Il avance doucement et se hausse légèrement sur la pointe des pieds. Il ne voudrait pas salir le tapis bordeaux dense d'inspiration persane.

Alice ôte son blouson. Celui avec l'encolure couverte de fausse fourrure. Wiktor pose le panier sur la table en bois et reste planté là, gêné et timide. Elle l'invite à enlever sa veste de jean et à s'asseoir autour de la table. Elle ouvre la porte du réfrigérateur et dresse l'inventaire des boissons fraîches disponibles. Il opte pour une bière. Alice le surprend quand elle fait sauter la capsule d'un coup sec avec un briquet. Il sourit. Alice prend un verre tulipe et attrape une bouteille de vin blanc. Elle remplit le récipient au trois quarts, range la bouteille et referme la porte du frigo avec le pied. Elle soulève son verre en direction de Wiktor et y pose ses lèvres discrètement pulpeuses et légèrement maquillées. Il ne bouge pas et fixe le bas du visage d'Alice. Il ne réagit qu'au moment où elle se met à rire en le regardant à son tour. Il porte le goulot de la canette à sa bouche et avale une bonne gorgée pour masquer un peu la gêne qui le submerge. Il ingurgite une deuxième lampée de bière et respire profondément.

— Il a... il a plu toute la journée. Quel temps pourri !

— Je n'avais pas remarqué, ironise-t-elle gentiment.

— C'était... c'était bien ta journée à la... grande école ?

— La « *grande école* » ? C'est mignon. L'université, tu veux dire ? Oui. Très bien. Merci. Et toi ? Combien de vidanges et combien de carburateurs ?

— J'ai fini la voiture de madame... Ouais. Je vois. Tu te moques de moi, assure Wiktor.

— Un peu. Oui. Je ne voulais pas te vexer, Wik. Ça ne te dérange pas que je t'appelle Wik ?

— Non. Pas du tout. C'est... c'est comme ça que ma mère m'appelait.

— Si l'on mangeait ? Tu as faim ?

— Oui. Un peu.

— Si l'on regardait ce que maman Peloso t'a préparé ? Elle t'adore, tu sais ?

— Ah ? ... heu... c'est vrai ? demande Wiktor en torturant l'étiquette de sa bouteille.

— Oh que oui ! Elle ne parle que de toi. Wiktor fait ci, Wiktor fait ça. Que des compliments.

— Tu exagères un peu, Alice.

— À peine. À peine, tu sais. Tu m'as appelé par mon prénom. J'ai bien entendu ?

— Heu... Oui...

— Bien ! On progresse, rigole Alice.

Alice ôte sa veste courte et la pose sur le dossier de la chaise. Elle enlève le torchon du panier et sort les provisions qu'elle dispose au centre de la table. Elle lui indique d'un geste de la main l'emplacement des assiettes et des couverts. Il se lève de son siège et s'exécute. Installés autour des spécialités préparées par Simona et avant d'en déguster les saveurs, Alice et Wiktor se resservent à boire. Simona adore cuisiner et met toute son Italie dans ses mets. Un coin de Casentino. Wiktor est surpris à chaque bouchée et s'empresse de goûter à tous les plats. Alice connaît bien tous ces mets, mais elle se laisse faire et se délecte elle aussi. Ils parlent peu, mais échangent des sourires et des regards complices. Quand le pied de Wiktor rencontre par hasard celui d'Alice, il devient écarlate et manque de s'étouffer avec un morceau de pain toscan. Alice fait semblant de n'avoir rien vu.

Il range les restes du repas dans le panier et remet soigneusement le torchon. Il prend l'initiative de placer les assiettes et les couverts dans le lave-vaisselle. Alice essuie la table puis l'invite à passer au salon. Il se rince les mains et retrouve Alice dans la pièce d'à côté. Elle allume juste une petite lampe posée sur un guéridon à côté du téléviseur. Le reste du séjour est éclairé par les réverbères de la rue. Une douce lumière jaune orangé, presque tamisée, baigne l'endroit. La pluie glisse sur les vitres des deux larges baies et le sifflement régulier des voitures roulant sur la chaussée détrempée, monte au niveau de l'appartement.

Alice met la radio puis se dirige vers l'une des grandes fenêtres du salon. Un air entraînant et populaire s'échappe des haut-parleurs. Elle s'avance vers Wiktor en improvisant quelques pas de danse. Elle lui prend la main et le conduit jusqu'au canapé. Elle le pousse légèrement vers l'arrière. Il se laisse tomber sur le sofa. Il n'a pas le temps de se redresser qu'elle s'allonge sur lui. D'un souple revers de main, elle dégage les mèches ondulées qui lui masquent les yeux. Elle approche son visage du sien et l'embrasse amoureusement. Wiktor, faussement surpris, entrouvre la bouche et répond aux baisers d'Alice. Il remonte doucement ses bras et serre contre lui les épaules de la jeune fille. Il passe ses doigts sur le cou d'Alice puis il lui caresse longuement les cheveux.

Il sent une chaleur se répandre dans tout son corps. Son bas ventre se contracte. Le rythme de son cœur s'accélère. Il appuie la poitrine d'Alice contre la sienne. Ils n'en finissent pas de s'embrasser. Un désir irrésistible et furieux les emporte. Elle saisit son visage entre ses deux mains pour mieux coller sa bouche à la sienne. Ils ne s'arrêtent que pour prendre le temps de respirer. Leur souffle s'accélère. Alice se redresse et lui attrape les doigts. Elle les pose délicatement autour de son cou. Il devine sous le chemisier beige d'Alice ses seins décidés.

C'est sa première fois. Il hésite un peu. Il se sent maladroit et gauche. Alice défait le premier bouton de son corsage et lui saisit la main. Elle la met sur l'attache suivante et l'invite à le dégrafer. Avec sa propre main, elle lui montre comment s'y prendre. Quand il a enlevé tous les boutons, Alice laisse glisser son chemisier. Elle ôte son soutien-gorge et relève son buste. Il découvre les épaules blanches et les seins légers d'Alice sur lesquels ondulent quelques mèches de cheveux.

Elle s'empare de ses mains et les poses sur sa poitrine puis elle remonte son tee-shirt vers le haut le long de son corps chaud. Il abandonne les seins d'Alice et lève ses bras. Il laisse Alice tirer le vêtement jusqu'à ce qu'il passe sa tête. Elle s'appuie contre lui et ils s'embrassent à nouveau à pleine bouche. Wiktor caresse le dos nu puis les fesses d'Alice. Après de longs baisers fougueux, elle se relève et se déshabille complètement. Il découvre, debout devant lui, le magnifique corps de son amante et sa toison noir de jais. Elle se penche vers lui et défait la ceinture de son pantalon. Il s'assoit et dénoue ses chaussures, puis, il enlève, à son tour, tous ses vêtements. Alice lui prend la main et l'attire contre elle. Ils sont corps à corps. Ils respirent ensemble. Ils sentent la chaleur l'un de l'autre. Leur souffle s'accélère. Elle le regarde et l'embrasse. Il lui caresse les cheveux. Alice lui attrape une main.

— Viens, susurre-t-elle en l'entraînant dans sa chambre.

Ils se donnent l'un à l'autre. Au petit jour, leurs corps épuisés sont enlacés. Le lourd rideau de velours laisse passer un minuscule trait de lumière qui enveloppe les amants d'une clarté éblouissante. La splendeur de leur peau, emmêlée dans les draps, est sublimée par cet éclairage délicat comme une sculpture naturelle. Dehors, la pluie a cessé. Un épais brouillard recouvre la ville. Ce matin, il fait froid.

Mélancolie

Wiktor, encore abasourdi par la visite inamicale de l'huissier et du représentant de la mairie, reste un long moment dans le vieux fauteuil d'Aniela à rêver. Il regarde le soleil maintenant voilé à travers les rideaux sales de la salle à manger. Il aperçoit les herbes folles, les ronces et le lierre qui ont colonisé le jardin d'Aniela le rendant presque inaccessible.

C'est son téléphone portable qui le sort de sa léthargie. Un message d'Alice : « *Pas trop dur le réveil ce matin ? On se voit ? Quinze heures chez moi ? Tu me manques déjà* ». Wiktor s'empresse de répondre : « *Si ! Dur ! Dur ! J'ai la tête comme une enclume et, en plus, j'ai reçu la visite d'un huissier et d'une femme de la mairie. J'ai deux mois pour déménager ! Quelle merde ! OK pour 15 heures.* ». Sitôt, le message envoyé, son téléphone vibre à nouveau, la sonnerie entame un extrait de la chanson « *Una storia importante* » et affiche « *ALI* ».

> — Lili. Je ne voulais pas t'inquiéter.
> — C'est dingue cette histoire. Ils ont le droit ? On va trouver une solution. Tu veux que je vienne ? interroge Alice.
> — Non. Non. On se voit à 15 heures. Je viendrai au garage. Je dois absolument prendre une douche et chasser ses pics-verts qui colonisent mon front, assure Wiktor.

— OK. C'est vrai que la soirée a été longue... surtout, pour toi, taquine Alice.

— Tu as raison. J'ai pas mal abusé, mais on s'est bien marré. C'était trop cool.

— Oui. Très très bien. On se voit tout à l'heure. Ne t'inquiète pas. On va trouver une solution Wik. « *Pocalunek*! Bise! ».

— Yes. À tout'! « *Baciami caro*! Bise ma belle! ».

Il branche son portable puis se glisse dans l'étroite salle d'eau. Il monte dans le bac à douche et tire le rideau de plastique tout juste suspendu à trois crochets. L'endroit est minuscule et il a du mal à s'y mouvoir. Il ferme les yeux et laisse l'eau chaude descendre sur sa tête. Elle entraîne avec elle les excès de la veille. De longues minutes plus tard, il tourne les vieux robinets. Un bruit sourd fait résonner les tuyaux dans toute la maison. Il attrape une serviette encore humide et s'essuie rapidement avant de la serrer autour de sa taille. Il évacue la buée du miroir d'un revers de main pour découvrir son visage cerné et sa barbe de trois jours.

Aujourd'hui, ses mains font office de peigne. Il traverse le couloir d'entrée et gravit l'escalier jusqu'à sa chambre. Dans ce désordre apparent, il trouve de quoi s'habiller. Sa tête va mieux et les vapeurs d'alcool s'évaporent doucement. Il tire vers lui de toutes ses forces la poignée de la fenêtre au bois écaillé et gonflé. Il ouvre largement les deux vantaux puis inspire un grand bol d'air. Les deux jumeaux de terre s'élèvent devant lui comme des pyramides perdues dans la plaine du nord.

Avant de prendre le bus vers le centre-ville et le garage Peloso, il marche dans la cité minière. Il passe devant le « *Onze* » qui a veillé tard et a baissé le rideau très tôt ce matin. Quelques verres à moitié vides finissent leur nuit sur un muret de briques. Il pense furtivement à son père. Il remonte la rue et traverse près de l'église. Il continue jusqu'au cimetière. Il pousse la vieille grille de fer dans un grincement sinistre et s'avance au niveau de la tombe d'Aniela. Un vent presque froid lui balaie le visage et des larmes naissent au coin de ses yeux. Il relève le col de son blouson et s'essuie les joues.

Il récupère un mouchoir en papier dans sa poche et se penche vers la stèle. Il frotte le médaillon avec la photographie de sa mère. Il se souvient bien de cette photo. Elle était posée dans un cadre sur le buffet de la salle à manger. On y voit Aniela avec un grand sourire et ses cheveux ondulant dans le vent sur le front de mer de Berck. Il se relève et reste là sans bouger. C'est le grincement du vieux portail qui le sort de ses pensées. Il renifle puis s'éloigne dans l'allée de gravier.

Dans le bus qui le conduit au centre de la ville, il s'inquiète du déménagement et des difficultés à venir. Le cœur gros, il songe à sa mère et à Anna. Il ne sait pas comment faire. Il se sent perdu et submergé. Il aimait tant jouer un peu dans les petits chemins du jardin avec ses figurines de métal et ses billes ou bien respirer le parfum des fleurs qui envahissaient les parterres du printemps à l'été. Il imagine sa mère, souriante, qui étend les draps blancs dans le soleil du matin. Il sent la chaleur et l'odeur de sa mère lorsqu'elle soignait ses genoux écorchés. Il se voit encore lové dans les bras de sa mère assise au fond du vieux fauteuil. Il se réfugiait là quand son père aviné et furieux avait passé sa colère sur lui. Il se réveille en sursaut au moment où la voix artificielle et enregistrée descendant des haut-parleurs du bus annonce son arrêt. Il se

précipite dehors. Il recouvre ses esprits en marchant doucement vers le garage où l'attend Alice.

La photographie

Quand vient le jour du déménagement, Wiktor est un peu inquiet même s'il sait où mettre toutes ses affaires en attendant de trouver un logement. Luigi, son patron, lui a prêté une camionnette et un local attenant au garage, lui permettant d'y ranger tous ses cartons et ses quelques meubles. La famille Peloso l'accueille aussi dans leur résidence. Une chambre a déjà été préparée pour lui.

Les deux inséparables amis de Wiktor sont des enfants de la cité minière comme lui. Ils sont postés devant la maison quand il gare le véhicule sur le bord du trottoir. Alice est assise sur le siège passager. Même s'il a fait un peu de rangement, il reste beaucoup à faire. La journée sera longue. Un léger brouillard s'est couché dans la cité, mais la lueur pâle du soleil n'est pas loin. Il n'aperçoit pas les deux jumeaux de terre, mais distingue nettement le halo de lumière jaunâtre qui entoure le soleil. En descendant du camion, il souffle dans ses mains et tape dans la paume de ses deux copains assis sur le muret de brique. Alice embrasse les deux garçons et suit Wiktor dans la maison.

Les déménageurs d'un jour s'attaquent d'abord à l'étage. Wiktor inspecte chaque pièce. Pendant ce temps, les deux amis décapsulent chacun une bière. Wiktor les regarde avec un air amusé et un tantinet blasé puis distribue les tâches. Lui et Alice ont passé toute la semaine à vider les meubles pour remplir des cartons de fortune glanés dans les commerces du centre-ville. Outils en main, Wiktor dévisse et démonte les quelques armoires du haut. Elles sont aussitôt descendues et gerbées dans le camion. C'est Alice qui prend les choses en main pour le rangement du véhicule. En balayant les deux petites pièces de l'étage, Wiktor, nostalgique, s'attarde un peu. Avant de rejoindre les autres au rez-de-chaussée pour un premier voyage avec le mobilier, il s'assoit dans le coin de sa chambre où il se réfugiait quand il était enfant. Il replie ses jambes et serre ses bras autour de ses genoux. Un rayon de soleil déchire le brouillard et vient transpercer les carreaux sales de la chambre pour se répandre sur le vieux linoléum et inonder l'endroit ; éclairant du même coup un poudroiement triste et mélancolique.

Il laisse descendre quelques mèches de cheveux et colle son front sur ses abattis. Ne le voyant pas revenir, Alice découvre son Wiktor prostré au fond de la pièce vide. Elle s'agenouille près de lui et l'enserre fort dans ses bras. Elle dépose un tendre baiser sur sa chevelure noire et épaisse.

Après ce premier transport et quelques bières, c'est au tour des pièces du rez-de-chaussée d'être débarrassées et nettoyées. En quelques heures, les traces d'un demi-siècle de vie sont effacées petit à petit. Un dernier repas joyeux et animé est partagé dans le salon encombré de meubles démontés et d'affaires disparates. C'est l'occasion de raconter les bons et les mauvais moments passés ici ; la vie de l'ancienne cité minière.

Le buffet est vidé en dernier. La vaisselle et les bibelots sont maniés avec délicatesse avant de rejoindre un carton, ils sont emballés et protégés par les nouvelles locales sur papier journal. La vieille corbeille de fruits aux anses en forme de banane subit le même sort. Un des garçons de la bande s'occupe des cadres et des rares photographies. Un peu maladroit, il laisse tomber le portrait du buffet qui se brise au sol en mille morceaux. Lentement et en prenant toutes les précautions pour ne pas se couper, Wiktor l'aide à ramasser les éclats de verre. Il dégage et se saisit de la photo. Son cœur se serre d'un coup et se met à battre fort quand il devine sous ses doigts que l'image est pliée. Le large repli est collé. Il devient blafard. Il se relève avec le vieux tirage papier entre les mains. Il la connaît bien. D'un côté, Aniela, légèrement courbée, lui tient la main et arbore un généreux sourire. De l'autre côté, Andrzej, fier, bombe le torse et regarde l'horizon. Il passe le bourrelet sous ses doigts, mais n'ose pas dévoiler l'intégralité de la photographie. Des centaines de questions se bousculent dans sa tête. Il n'arrive pas à se concentrer. Il a chaud. Il transpire. Il s'interroge et s'inquiète : « mais *pourquoi cette photo est-elle en partie masquée ? Elle n'est pas déchirée. Elle n'est pas découpée...* »

Pendant que le tumulte du déménagement semble interminable, Wiktor s'avance vers le vieux fauteuil de sa mère. Il s'y laisse tomber. Pour lui, le temps s'est arrêté d'un coup. Un tourbillon tourne tout autour de lui. Il se sent hors du monde. Son cœur cogne sa poitrine. De ses doigts tremblants, il étend la photographie sur ses genoux en apposant volontairement sa paume sur la zone cachée. Il ne regarde que la partie droite qu'il connaît bien et qui a accompagné son enfance. Il fait lentement glisser sa main de l'image. Son cœur se calme quand il découvre le visage familier d'Anna. Elle est juste à côté d'Andrzej. Près d'elle se trouve un grand jeune homme d'une vingtaine d'années. Il a une figure délicate et mince et des yeux bleus et profonds. Sous son bonnet de laine fine dépassent quelques boucles blondes. Il a un regard sévère. Il ne peut plus détacher son attention de ce garçon qui le fixe et qu'il ne connaît pas. Il tente de comprendre et de repérer machinalement des ressemblances : « *qui est-il ? Pourquoi avoir caché une partie de cette photo ? Je dois absolument voir Anna !* ». Il se lève d'un bond. Il traverse la maison d'un pas rapide et sort dans l'allée. Il passe devant le camion sans dire un mot. Alice et les amis de Wiktor restent sans voix. Il se met à courir au milieu de la rue de la cité. Le soleil brille entre deux nuages et fait scintiller les gouttes de pluie qui recouvrent la chaussée. Alice essaie en vain de le rattraper, mais il disparaît au bout de la route.

Il court et court encore. Il ne s'arrête pas. Il ne peut pas. Il traverse la ville sans même s'en apercevoir. Il est en nage. La sueur dégouline de son front et mouille son visage. Son dos est trempé. Il tient fermement la photographie dans une main. Il s'interrompt net devant chez Anna. Il est hors d'haleine et plié en deux. Il se penche vers l'avant. Il a envie de vomir. Il ressent un goût de sang dans la bouche. Il crache par terre. Ses jambes le brûlent. Ses genoux lui font un mal de chien. Il prend quelques minutes pour récupérer puis il s'approche de l'entrée de l'immeuble. Il inspecte les sonnettes jusqu'à trouver celle d'Anna. Avec le doigt d'une main encore tremblante, il appuie sur le bouton.

Une histoire importante

— *Oui ? C'est pourquoi ?* Questionne l'interphone au timbre féminin.
— Anna ? Anna ! C'est... c'est moi, Wiktor !
— Wiktor ? Que se passe-t-il ? Tu as l'air affolé.
— Je peux monter, Anna ? C'est important.
— Bien sûr, Viktor. Je t'ouvre.

Wiktor, déjà adossé à la porte, n'a pas à forcer pour s'introduire dans le hall dès que le grésillement du verrou se fait entendre. Il manque de tomber sur le sol en faux marbre qui orne l'entrée. Il n'attend pas l'ascenseur et s'engouffre directement dans la cage d'escalier. Il monte les marches quatre à quatre. Il se donne de l'élan à chaque palier en agrippant fortement d'une poigne de fer la rambarde et en tirant vers lui. L'autre main est crispée sur la photographie. Quand il arrive à l'étage de l'appartement d'Anna, il ne prend pas la peine de déclencher l'éclairage du couloir et se plante devant sa porte. Anna est surprise de le trouver en face d'elle au moment où elle l'ouvre. Elle l'invite à entrer et referme derrière elle.

— Alors Wiktor ? Que se passe-t-il ? Je suis inquiète.
— Ça ! Réponds Wiktor brutalement en collant la photographie devant le visage d'Anna.
— Wiktor. Mon Wiktor. Où as-tu trouvé cette photo ?

— Le déménagement... le buffet... le cadre... bre-
douille Wiktor.
— Je vois. Je vois Wiktor. Je vais t'expliquer.
Calme-toi. Tu veux bien ? Allons parler de tout
ça dans le salon. Veux-tu boire quelque chose ?
— D'accord Anna. Merci Anna. Une bière si tu as ?
— Oui. Oui. Je vais te chercher ça. Installe-toi.

Il rejoint le salon et prend place dans le canapé. Il
s'assoit au bord des épais coussins. Sa jambe droite
tremble un peu. Il met la photographie froissée sur la table
basse et passe sa main dessus pour essayer d'enlever les
plis.

— Voilà, lance Anna en entrant dans le salon.

Anna pose le plateau sur la table et lui tend une
bouteille de bière puis elle récupère un grand verre de
vodka glacée. Elle s'assoit à côté de lui, avale une longue
gorgée puis se tourne vers lui.

— Wiktor, dit Anna d'un ton compassé. Tu dois savoir que tu n'aurais jamais dû voir cette partie
de la photographie. Ta mère et ton père devaient
la découper et ils m'ont fait promettre de ne jamais en parler. Je ne sais pas lequel des deux a
préféré garder l'image en entier. Bref. Tes parents ne sont plus de ce monde et je crois que tu
peux, que tu dois, connaître toute la vérité.
Quand nous sommes arrivés ici, nous étions très
jeunes. Nos pères se tuaient lentement à la mine
et nos mères s'épuisaient et s'empoisonnaient à
la laverie industrielle. Nous sommes restées à
l'école le temps d'apprendre le français. Juste le
temps d'apprendre à lire et à compter puis il a

fallu que nous travaillions pour ne pas ajouter la misère à la misère. Avec ta mère, Aniela, nous sommes devenus commis d'un riche fabricant de vêtements. Dans ces conditions, on a grandi très vite. Trop vite.

Anna prend son verre et boit une belle rasade de son breuvage spiritueux puis elle continue son récit d'un ton serein.

— Encore adolescentes, nous sommes sorties avec d'autres jeunes de notre âge. Les distractions étaient rares. On allait s'amuser au foyer de la cité minière ou à celui de la paroisse. On allait traîner près des jumeaux de terre ; ils étaient plus petits à l'époque. On se cachait pour fumer ou boire de la bière. On sortait avec des garçons. Gare à nous si nos parents l'apprenaient. Nos familles étaient très « *traditionnelles* », mais, Igor, l'oncle d'Aniela...

Anna se tait puis elle se lève pour se resservir un autre verre. Quand elle revient, elle est livide.

— Un beau jour de printemps ; je crois que c'était en juin. Un dimanche. On est allé dans la fabrique de vêtements en escaladant la clôture. On était accompagné par deux garçons de la cité minière de Bully-Les-Mines, qu'on avait rencontrés lors d'une animation de la paroisse. On s'est amusé comme des gamins dans la salle des balles de tissus jusqu'à ce que le gardien nous déloge sans ménagement. On ne s'est pas arrêté de rire jusqu'à l'entrée de la cité. On a laissé là nos chevaliers avec la promesse de se retrouver le dimanche suivant.

Anna semble ailleurs. Elle regarde le liquide qui tourne dans son verre. Elle le pose sur la petite table et s'allume une cigarette. Elle lui passe le paquet puis elle avale une bouffée.

> — Ta mère, Aniela, n'aimait pas rentrer seule chez elle quand ses parents étaient absents. Ce jour-là, elle aurait préféré rester dehors. Ses parents étaient du côté de Liévin pour rendre visite à la famille. Ils sont partis avec les trois derniers des enfants. Tu sais, tes trois oncles. Ceux qui vivent à Paris. À l'époque, ils étaient petits et beaucoup plus jeunes qu'Aniela. De toute façon, les parents n'ont jamais rien vu ! Quel homme répugnant c'était ! s'énerve-t-elle.
> — Qu'est-ce que tu veux dire Anna ? C'est vrai qu'à la maison, je n'ai jamais vu de photographie de la famille, poursuit Wiktor interrogatif.
> — Oui. C'est Aniela qui ne pouvait pas. Elle les a toutes détruites. Wiktor, je l'avais promis à ta mère. Je... je ne devrais pas faire ça, tu sais.
> — Je sais Anna, mais c'est trop tard. Je n'aurais pas dû tomber sur cette photo. Pourquoi maman ne l'a-t-elle pas coupée ? Anna, je suis grand. Je crois que tu peux me dire la vérité. Non ?

Anna le regarde affectueusement, sourit et lui caresse la tempe. Elle termine son verre d'un trait.

> — La maison d'Aniela était petite. Comme la vôtre en fait. Aniela partageait sa chambre avec ses frères. Une simple tenture séparait le coin des

garçons de celui d'Aniela. L'oncle Igor, le frère de ton grand-père. Ton grand-oncle. Comment dire ? ... il se montrait très affectueux avec Aniela. Dès qu'il venait à la maison et dès qu'il le pouvait, il s'arrangeait pour se retrouver seul avec Aniela dans sa chambre...

— Tu veux dire qu'il... reprend Wiktor avec les yeux pleins d'effroi.

— Laisse-moi terminer Wiktor s'il te plaît. Ce dimanche-là, Aniela est rentré chez elle. Elle a trouvé la maison vide. Elle est allée dans la chambre pour s'y reposer un peu et attendre le retour de ses parents et de ses frères. Elle était assoupie quand son oncle est rentré dans la chambre et l'a obligé une fois de plus... à lui faire des choses. Il empestait l'alcool et il savait bien qu'il était seul avec Aniela.

— Quel porc ! mais quel porc ! Ce n'est pas possible ! s'emporte Wiktor.

— Aniela a essayé, comme à chaque fois, de se débarrasser de toute cette saleté, mais elle était devenue... comme une fleur fanée avant même d'éclore. Elle est restée muette plusieurs jours. Et le pire ! s'insurge Anna.

— Je n'arrive pas à y croire ! Quel salop !

— ... le pire c'est que ta mère s'est retrouvée enceinte. Enceinte de son oncle ! Tu imagines Wiktor ! Elle a tout essayé pour s'en débarrasser. On est même allé voir une vieille harpie de Lens qui lui a fait boire une mixture nauséabonde à base de plantes. Rien n'a fonctionné !

— ... la photo... c'est... son enfant ?

— Oui. C'est lui. Adrian... j'ai besoin d'un autre verre.

Elle se verse une bonne dose de vodka. Elle boit une longue gorgée avant de revenir s'asseoir en face de lui. Il est figé et regarde ses chaussures. Il se tient la tête entre ses mains. Anna pose son verre et le serre dans ses bras. Elle pleure. Ils restent comme ça, un moment sans fin, immobiles et silencieux puis Anna se redresse et se laisse tomber dans un fauteuil.

— Wiktor ? Veux-tu que je m'arrête là ?
— Non... non. Je veux tout savoir, Anna. Continue, répond Wiktor, les yeux rougis.
— Tu sais. Ça n'a pas été facile pour ta mère. Ses propres parents n'ont jamais voulu la croire et ils l'ont traitée comme une *« moins que rien »*. Ils l'ont prise pour une traînée. Son père en a même rajouté en criant haut et fort que sa fille ne *« valait »* rien. Puis, pour ne pas être montrés du doigt par toute la cité et par toute la communauté polonaise, ils se sont mis à lui chercher un mari. Aniela a tant pleuré, qu'elle aurait pu se noyer dans ses propres larmes. Pendant ce temps-là, son ventre s'arrondissait. Par l'entremise du curé de la paroisse, tes grands-parents ont rencontré la famille Maciej et entre deux sermons l'affaire a été réglée. Le mariage a été célébré discrètement et en petit comité. Ceux de la cité qui trouvait à redire prenaient sur la figure les poings du père d'Aniela et même ceux du père Andrzej. Aniela ne m'a jamais dit ce qui avait été négocié entre les deux familles, soupire Anna. L'oncle Igor passait de temps en temps chez les parents d'Aniela comme si de rien n'était. Il se moquait même de ta mère et de son ventre. Tu imagines !

Anna se lève pour ouvrir la fenêtre donnant sur la rue. Un air frais envahit la pièce. Elle respire un grand coup et s'allume une nouvelle cigarette. Il se lève à son tour et demande une autre bière à Anna. Elle acquiesce de la tête et, d'un geste de la main, elle lui indique le réfrigérateur.

— Je continue Wiktor ?
— Oui, Anna.
— À peine mariés, ils se sont installés dans la maison que tu connais. Andrzej faisait comme il pouvait. Il était gentil au début. Aniela pleurait toujours beaucoup et ne parlait pas beaucoup. Elle ne voulait plus voir ses parents. Elle s'arrangeait autrement pour passer un peu de temps avec ses frères. Elle s'est mise à cultiver son petit jardin. Elle y passait tout son temps libre. À la manufacture, elle ne faisait pas attention aux moqueries des autres femmes. J'ai essayé de la protéger autant que je pouvais. Plusieurs fois, elle a voulu en finir. Je me souviens d'une fois, dans sa maison, avec le gaz. Elle avait arraché le tuyau et ouvert la bouteille. Andrzej était arrivé alors qu'elle était inconsciente, mais vivante. Elle a bien failli réussir une autre fois, dans l'atelier, en avalant une bouteille d'un produit détergent. Elle est restée trois semaines à l'hôpital. Quand elle est rentrée à la maison, elle a filé directement au milieu de ses fleurs.
— Je... je... je ne trouve pas les mots. Anna, c'est trop dur, mais continue l'histoire. Continue, Anna, supplie Wiktor en pleurs à son tour.
— Tu es sûr Wiktor ?
— Oui. Oui, dit doucement Wiktor.

— Adrian est né un jour de février. Il neigeait. Aniela et Andrzej ont accueilli malgré tout cet enfant innocent. Aniela n'est pas restée couchée longtemps. Je me souviens que ta mère, folle de rage, a jeté tes grands-parents dehors quand ils sont venus voir le petit. Non, mais quels salops ! Tu te rends compte ! s'insurge Anna.

— Elle a bien fait ! Je n'arrive pas à croire qu'ils aient eu le culot de faire ça !

— Wiktor. Je ne sais pas comment ta mère a pu élever Adrian. Au début, elle a même pensé à l'abandonner. Mais ici, tout se sait... Par moment, elle le délaissait et ne s'en occupait plus du tout. Andrzej prenait le relais comme il pouvait. Adrian était toujours calme et ne réclamait jamais. Il pleurait juste de temps en temps...

— Anna ? Tu crois que maman l'aimait... quand même ?

— Je... je ne sais pas Wiktor ? Elle ne m'a jamais rien dit. La photo a été prise juste avant qu'il ne parte. Tu étais petit et Aniela te donnait tant d'amour. Elle n'avait accepté de coucher avec ton père qu'une seule fois. Et puis tu es né. Adrian ne comptait plus beaucoup pour Aniela. Plus il grandissait, plus Andrzej, sans s'en rendre compte, lui faisait comprendre qu'il n'était pas vraiment son fils. Ils travaillaient ensemble à la mine, mais toujours comme des étrangers. Dans la mine, tous les hommes ont la gueule noire. Je crois que le lien s'est complètement cassé à ce moment-là. Adrian a fini par partir... Aniela et Andrzej ne l'ont pas retenu.

— Il est parti ?

— Oui, Wiktor. Il est parti et personne ne sait où.
C'est triste, mais je suis soulagé de t'avoir tout
dit.
— Adrian ? Anna, je vais le retrouver ! C'est... c'est,
mon frère !
— Tu es sûr Wiktor. Tu es sûr que c'est une bonne
idée ? s'inquiète Anna.
— J'en suis certain ! affirme Wiktor en avalant la
dernière gorgée de sa bière.

Il regarde Anna. Elle referme la fenêtre et laisse son
verre sur la table basse. Elle esquisse un sourire. La sonnette retentit bruyamment. Anna se précipite dans l'entrée
et décroche le combiné de l'interphone. Elle le repose au
bout de quelques secondes et déclenche l'ouverture de la
porte d'accès de l'immeuble. Elle revient dans le salon avec
un air réjoui.

— Devine qui est là, Wiktor.
— Je ne sais pas, assure Wiktor.
— C'est Alice ! Elle était sûre de te trouver là ! Elle
avait raison.
— Alice ? Ha ! Oui ! Le déménagement. Je suis parti
comme un fou.

Il se précipite sur la porte de l'appartement et attend
Alice sur le seuil. Les portes de l'ascenseur s'ouvrent sur
le couloir sombre. Alice sort tranquillement devant un halo
de lumière vive. Elle s'avance vers lui. Elle lui prend le cou
et l'embrasse tendrement. Elle lui pose sur les épaules son
épais manteau.

— J'étais certaine de te trouver là ? Tu vas bien ?
Tu es parti tellement vite. Comme un « *pazzo* »,

comme un dingue. Qu'est-ce qui t'a pris ? susurre Alice à l'oreille de Wiktor.

— C'est... c'est cette photo. Celle du cadre. Alice ! J'ai... j'ai un frère quelque part... quelque part répète Wiktor en laissant tomber une larme dans le cou d'Alice.

— Tu as un frère ? Mais...

— Je t'expliquerai Alice. On rentre ?

— Oui. Mon « *mały człowiek* », mon petit homme.

Il serre longuement Anna dans ses bras puis, avec Alice, ils quittent l'appartement. Dans la rue, il lève la tête et regarde les fenêtres d'Anna. Elle se tient devant l'une d'elle. Elle fait un court geste de la main. Ses yeux sourient.

Tristesse

Wiktor et Alice marchent doucement sur le trottoir détrempé en se prenant par la main. Il sent les doigts d'Alice entre les siens. Ils ne parlent pas. La nuit n'est pas encore tombée, mais un épais brouillard se répand dans les rues et obscurcit la ville. Il voudrait dire un mot, mais il n'y arrive pas. Cette histoire tourne en boucle dans sa tête. Il perçoit sur lui le regard bienveillant d'Alice. Au lieu de retourner directement à la cité, il entraîne Alice vers le cimetière. Il pousse la vieille grille qui émet un sinistre grincement. Ils marchent côte à côte. Leurs pas écrasent les graviers de l'allée. Le brouillard a tout recouvert. Le bruit de la ville s'éloigne. Les sons s'étouffent. Il sent l'odeur humide et froide. Il connaît le chemin. Alice le suit de près. Il s'arrête d'abord devant la pierre tombale des parents d'Aniela. Il reste un long moment immobile et silencieux puis il se baisse et ramasse une poignée de cailloux au sol qu'il jette avec rage sur la stèle aux médaillons couleur sépia presque effacés. Il s'énerve.

> — Comment avez-vous pu laisser faire ça ? Comment avez-vous pu traiter votre propre fille comme une putain ?

Il essuie ses larmes d'un revers de main et marche dans l'allée vers la tombe d'Aniela. Alice le tient par le bras et se colle à lui. Il se baisse et dégage les quelques feuilles que le vent a laissé tomber là. Il frotte la photographie de sa mère pour éponger quelques gouttes de pluie. Il se relève et rejoint Alice. Il lui prend la main et l'embrasse. Il se retourne face à la dalle de pierre et fixe le petit portrait d'Aniela. Il respire profondément.

> — Maman... je... je voudrais te présenter Alice. C'est mon amoureuse. Tu sais... je sais que tu l'aurais adorée. Je travaille dans le garage de son père. Je dois quitter notre maison et... ton jardin. Sans toi, il n'est plus pareil. Je voulais te dire aussi que... que j'ai trouvé la photographie. Tu sais. Celle qui était sur le buffet. Anna m'a tout dit. Maman... j'ai un frère... et... tu ne m'en as jamais parlé. J'étais trop petit ? Je... je vais le retrouver, je te le promets.

Il prend Alice dans ses bras et plonge sa tête dans son cou. Il aime l'odeur tiède de sa peau et ce léger et subtil parfum aux fragrances acidulées. Alice serre, à son tour, Wiktor contre elle. Elle attrape au fond de la poche de son manteau, trois petites figurines de fer qu'elle dépose au creux de sa main froide.

> — Je les ai trouvés dans le jardin à côté des marches et de l'évier en ciment.
> — Vraiment ? Je ne savais plus ce que j'avais pu en faire. C'est super Alice ! Merci ! s'enthousiasme Wiktor.
> — Et ton frère ? Tu me racontes Wiktor ?
> — Oui. C'est promis. Allons-y ! Maman, je vais le chercher. Je vais trouver Adrian ! assure Wiktor en posant un des petits cyclistes de fer contre la stèle.

Il enfonce les deux autres figurines dans le fond de sa poche. Il remonte le col de son manteau et frotte ses yeux. Il reprend la main d'Alice. Ils sortent du cimetière. Il est un peu plus enclin à parler et raconte toute l'histoire à Alice. Elle s'accroche à son bras et fredonne une chanson. Leur chanson :

> *« ... Quanta gente ho incontrato io*
> *quante storie, quante compagnie*
> *ma ora voglio di più una storia importante quello che*
> *sei tu forse sei tu...*
> *Fermati un istante parla chiaro come non hai fatto*
> *mai dimmi un po' chi sei ... »*

> *« ... Combien de gens j'ai rencontrés*
> *combien d'histoires combien de compagnies,*
> *mais là je veux encore plus une histoire importante,*
> *celle que tu es*
> *peut-être que c'est toi...*
> *Arrête-toi un instant parle clairement comme tu ne*
> *l'as jamais fait*
> *dis-moi un peu qui tu es... »*

Le chemin vers le centre de la ville passe très vite. Ils n'ont pas le temps de s'en rendre compte qu'avant la fin de la chanson murmurée par Alice, ils sont déjà à l'entrée de la cité minière. Le brouillard danse entre les maisons jumelles et la lumière des lampadaires fait scintiller la rue déserte. Il a un peu le cœur serré à l'idée de quitter cet endroit familier qu'il déteste parfois et qu'il aime tant.

Le logement de Wiktor est encore éclairé et le camion garé devant a les portes arrière béantes. Ses deux amis, assis sur le marchepied, boivent tranquillement une bière. Ils s'arrêtent, sourient et font de grands gestes quand ils aperçoivent le couple venir vers eux. Wiktor leur tape dans les mains. Il rentre dans sa maison. Elle est vide. Il ne reste que deux énormes sacs poubelles pleins, un balai au pied de l'escalier et les traces laissées par les meubles.

Il effectue le tour de toutes les pièces en commençant par l'étage. À chaque pas, un souvenir surgit d'un coin de son cerveau. Les papiers peints défraîchis pendent en lambeaux par endroit. Il s'attarde un peu plus dans la chambre de ses parents. Il pense à Adrian. Il redescend doucement en mémorisant chaque marche. Il en connaît tous les bruits et tous les grincements. Au bas de l'escalier, il se rend directement dans le jardin plongé dans le brouillard et la pénombre.

Il inspire à fond et il se retrouve, un soir d'été, quand le soleil et la brise se courtisent en agitant les draps qui sèchent sur le fil à linge. Il voit sa mère qui prend soin de ses fleurs en chantonnant un air de son pays. Il recouvre ses esprits lorsque Alice le rejoint et pose sa main sur son épaule. Il rentre dans la salle à manger et ferme les volets. Il fait la même chose dans la cuisine. Il éteint les lumières et verrouille la porte. Il tourne la clé dans la serrure et s'avance dans la rue. Il se retourne. Il sait qu'il ne reviendra plus dans cette maison. Il rejoint Alice et ses deux amis dans le camion.

Au garage Peloso, on s'active à décharger et à ranger les meubles et les affaires de Wiktor. À la fin de la journée, un repas, préparé par Simona, attend Alice, Wiktor et les déménageurs du jour. Wiktor arrive à se détendre un peu et profite de la chaleur du foyer Peloso. Il pense sans cesse à l'histoire de cette photographie pliée dans le fond de sa poche. Il essaie de retenir tous les détails donnés par Anna. Il imagine Adrian. Il aimerait tant savoir où il est et qui il est. Il croise le regard d'Alice. Elle devine ce qui le préoccupe. Elle lui propose un sourire. Il répond discrètement en levant les yeux vers elle.

La soirée se termine tard dans la nuit et Luigi Peloso en profite pour sortir une bouteille de grappa. Wiktor est surpris par cette boisson, légèrement fruitée, forte et piquante. À la première gorgée, il tousse et déclenche le rire sonore de Luigi Peloso. Il n'aime pas trop, mais se laisse volontiers resservir. Quand le flacon est vide, ses amis quittent le garage pour se rendre dans un bar du centre-ville. Les parents d'Alice se retirent dans leur chambre. Alice et Wiktor débarrassent la table du salon puis lavent et rangent la vaisselle. Ils se retrouvent seuls dans le séjour. Il se tient debout devant l'une des fenêtres et regarde la rue déserte pleine de nuit. Il se sent un peu gêné et tendu. Ce faux-semblant vis-à-vis des parents Peloso le trouble. Alice l'invite à s'asseoir avec elle dans le sofa. Elle lui prend la tête entre ses deux mains et elle lui assure que demain elle dira tout à ses parents de leur relation.

> — Il est temps. Je ne suis plus une enfant. Demain.
> On dira tout demain, chuchote Alice en embrassant son amant.
> — Oui, Alice. Je suis d'accord. Il est temps.

Wiktor et Alice restent enlacés dans le canapé et se laissent glisser lentement vers le sommeil. Il donne un dernier baiser à Alice.

Il est allongé sur le dos. Il est couché sur les herbes rases et desséchées d'un des terrils jumeaux. Il est bien. Une brise d'été lui caresse le visage. Il regarde le ciel. Le vent pousse des rangées de petits nuages bien alignés. Ils ont tous la même forme et avancent en cadence. La colline est comme suspendue dans l'air et progresse en sens contraire. Il est entouré de cartons. Certains sont fermés. D'autres sont ouverts et laissent s'enfuir leur contenu. Les affaires s'envolent et rejoignent la cohorte des nuages. Il se sent bien. Une odeur de chardon et d'herbe sèche lui chatouille les narines. Il plisse le nez.

Il tient dans ses mains la photographie dépliée. Il ne la quitte pas des yeux jusqu'à ce qu'un rayon de soleil la frappe en son centre. Elle est percée. Elle brûle et se consume doucement. Il souffle à pleins poumons pour éteindre le feu, mais rien n'y fait. Sa propre image s'efface puis c'est au tour de celle de son père puis de sa mère. Anna s'évanouit petit à petit. Les cendres virevoltent au-dessus de lui et rejoignent les débris de ses affaires avant de disparaître derrière les rangs de nuages. Il résiste jusqu'au bout puis il lâche une main. L'autre main tient encore fermement ce qui subsiste du cliché.

Le feu continue et se répand le long de ce qui reste de la photo. Il mord maintenant le visage et le corps d'Adrian. Il se brûle le bout des doigts et abandonne le dernier morceau. Les débris incandescents s'élèvent vers les nuages et dansent comme des papillons. Il tend désespérément ses bras pour embrasser tout le ciel et récupérer les fragments de la photographie.

Il s'éveille en sursaut au moment où passe dans la rue et toute sirène hurlante un camion de pompier. Alice dort profondément contre lui. Sans la réveiller, il glisse sa main dans sa poche pour s'assurer que la photographie est toujours à sa place. Il a la gorge sèche. Il tend un bras et attrape du bout des doigts un verre d'eau posé sur la petite table roulante. Il l'avale d'un trait. Il met doucement ses doigts sur les cheveux d'Alice et lui caresse la tête. Il bascule sa nuque vers l'arrière et ferme les yeux. Il essaie de recouvrer le fil de sa nuit en pensant à Adrian. « *Je te retrouverai, je te retrouverai, mon frère* », se répète-t-il.

Espoir

Une bonne odeur de café et de pain grillé flotte dans l'appartement au moment où Alice et Wiktor émergent du canapé. Les yeux encore lourds, ils sont légèrement courbatus. Ils se regardent. Ils sont un peu déconcertés. Ils sourient quand proviennent de la cuisine les sons étouffés, métalliques et nasillards d'une radio. Il est assez tôt. Dans la rue, une machine nettoie les trottoirs.

Alice se lève et peigne de ses deux mains et avec adresse ses cheveux. Elle défroisse ses vêtements et part vers la cuisine. Wiktor s'étire longuement. Un subtil mal de tête lui pique le crâne. Il se redresse et remet sa chemise dans son pantalon. Il tapote les coussins du canapé. Il entrouvre légèrement la fenêtre. L'air frais se précipite dans la pièce et soulève avec élégance les rideaux fins. Il prend le plateau et s'avance timidement vers la cuisine.

Simona Peloso patiente devant le grille-pain. Elle lui tourne le dos. Alice est assise à la table blanche face à un bol fumant. Elle lui fait un clin d'œil complice. Une cafetière italienne en aluminium s'attiédit sur la gazinière. Il pose discrètement le plateau sur la table.

> — Alors, Wiktor. Bien dormi ? ironise Simona en se retournant.
> — Heu… Non. Enfin… oui, bégaie Wiktor.
> — En tout cas, vous dormiez profondément tout à l'heure, plaisante Simona.

— Maman ! Laisse Wiktor s'il te plaît. On n'est pas très réveillé, tu sais, enchaîne Alice.

— Je vois. Je vois, rigole Simona.

— Maman...

— Wiktor. Prends ton petit déjeuner. Tu veux bien ? Luigi est déjà au garage. Il t'attend, indique Simona en tendant un grand bol de café à Wiktor.

— Oui. Bien. Merci madame Peloso, répond mollement Wiktor.

— Alice, Wiktor, vous savez qu'avec Luigi on est au courant depuis longtemps, précise Simona.

— Mais, maman, pourquoi ne m'as-tu jamais rien dit ?

— Avec ton père, on ne voulait pas vous mettre dans l'embarras. On a trouvé ça tellement romantique. « *è primavera. sarà perché ti amo. Cade una stella* (c'est le printemps. Ça doit être parce que je t'aime. Une étoile file) »... entonne Simona.

— Maman. Arrête de te moquer. Tu exagères.

— Mais vous êtes trop mignons tous les deux, poursuit Simona.

— Je vais me préparer, maman. Je vais à la fac ce matin.

— Alice ? N'oublie pas d'aller voir ton père avant de partir. Il faudra qu'on aménage un peu la chambre de Wiktor... ou la vôtre.

— Maman. Tu abuses là. Oui. On verra ça ce soir.

Il termine son café et lave son bol sous l'œil amusé de Simona. Il passe rapidement dans sa chambre pour se jeter de l'eau fraîche sur le visage et enfiler son bleu de travail. Il emprunte l'escalier qui mène au garage et retrouve Luigi dans le bureau attenant. Dès qu'il le voit arriver dans la pièce, il se précipite sur lui et le prend dans ses bras.

> — Wiktor. Je... je suis si heureux. Je le savais. Je le savais. Je l'avais bien dit à Simona. Mon fils ! sourit Luigi Peloso en posant ses mains sur les épaules de Wiktor.

Il se laisse gentiment secouer et rend son sourire au garagiste. Il appréhendait la réaction du couple Peloso, mais il est soulagé et ravi en recevant l'assentiment de Luigi. Il se met au travail avec entrain et il a le cœur léger, mais une pensée s'est logée dans un coin de sa tête et resurgit aussitôt que son esprit libère un peu de place : « *Comment vais-je faire pour retrouver Adrian ?* ».

Le couple Peloso met tout en œuvre pour qu'il se sente chez lui. La chambre est vite aménagée et il peut défaire quelques cartons. Il découvre tous les secrets de la cuisine italienne et il rit aux éclats quand Luigi Peloso caresse sa moustache et raconte avec humour son enfance. Il cite le garage de son grand-père dans lequel il passait ses journées à jouer avec les outils et à se maquiller de cambouis. Il se rappelle avec tendresse son arrivée en France et l'installation de sa famille dans le Nord.

Il ne parle pas des conditions de vie difficiles, de la pauvreté et du déracinement. Il n'évoque jamais ses quelques années de classe sauf pour imiter la méchanceté de son maître d'école. Il maugrée contre les insultes et les quolibets qui ont rythmé son court passage sur les bancs de la « *communale* ». Il lui fait le récit détaillé des batailles rangées des enfants des cités minières contre les gosses des autres quartiers. La zone de combat se situait toujours aux pieds des terrils. Il ne laisse jamais Simona raconter leur rencontre au marché de Lens. Il préfère lui-même y ajouter du théâtre et son accent italien.

Alice l'aide à s'adapter à sa nouvelle maison. Ils sortent également beaucoup pour s'échapper un moment de la « *casa Peloso* », aussi dorée soit-elle. Ils rêvent un peu à leur avenir. Il pense à son frère. Alice lui montre comment se servir d'internet et des réseaux sociaux pour trouver d'éventuelles traces d'Adrian. Elle lui apprend même à utiliser efficacement tous les moteurs de recherches et les sites d'archives et notamment ceux des journaux. Il s'achète en outre un ordinateur. Il plonge tête baissée dans la toile d'araignée solidement tissée de l'information numérique et des grands fonds qu'elle dissimule.

Les premières explorations de Wiktor ne donnent rien. Il se désespère, mais reprend des forces dans les bras d'Alice. Il se rend aussi à la mairie pour obtenir des renseignements sur son frère. Ce jour-là, comble de malchance, il croise l'employée venue chez lui quelques mois auparavant pour lui intimer l'ordre de quitter son logement du coron. Il est à peine surpris quand il s'aperçoit qu'elle ne le reconnaît même pas. Il s'installe dans la salle de consultation des archives pour étudier les registres d'état civil. Les dossiers ne sont pas encore tous numérisés. Il pose son sac et branche son casque sur son smartphone. Il place ses écouteurs et lance la playlist partagée avec Alice. Autour de lui, il y a deux autres hommes plus âgés qui le regardent discrètement. Il ouvre devant lui un grand livre et parcours les naissances de la commune des années quatre-vingt. Au rythme des chansons d'un crooner italien, délicieusement ajoutées par Alice, il met son doigt sur les colonnes des larges tableaux imprimés et le descend jusqu'au bas de page puis la tourne et recommence. Il referme le premier registre puis le deuxième. Au troisième, il en a assez.

Il s'apprête à clore le document quand son œil s'arrête sur un nom dans la grille des naissances du mois de novembre mille-neuf-cent-quatre-vingt-deux : « *Maciej Adrian né le dix-sept novembre... mère... Maciej Aniela... père... Maciej Andrzej...* ». Il prend son téléphone et ouvre une nouvelle note. Il y inscrit les précieuses informations et range le registre. Il quitte la mairie avec le sourire et calcule dans sa tête l'âge de son frère. Il envoie un message à Alice pour lui annoncer la nouvelle. Il est heureux.

*****

Plusieurs semaines s'écoulent avant qu'un autre élément de son puzzle familial n'apparaisse. Un soir tard, alors que la nuit recouvre la ville d'une pluie fine et que les lourdes aiguilles du cadran de l'église se confondent, il finit sa cigarette et referme la fenêtre. Il est seul. Alice a préféré dormir dans sa chambre. Il redresse les coussins de son lit et s'allonge. Il prend son ordinateur et consulte ses différentes messageries. Il y a quelques semaines, il a posté un message comme on lance une bouteille à la mer. Le mot était simple et concis : « *Je cherche mon frère Adrian Maciej, né un dix-sept novembre à Lens* ». Sur l'une des pages d'un réseau social, auquel il est abonné, est apparue une nouvelle notification. Le petit rond rouge avec un numéro un de couleur blanche capte immédiatement son regard. Il clique dessus et ouvre la messagerie correspondante. Un message en caractère gras de « *CDGCHAM74* » indique : « *Voilà un article qui vous aidera peut-être...* ». Il n'est pas signé, mais il est accompagné d'un lien. Il s'empresse de cliquer. Une autre page de son navigateur s'ouvre sur un article du journal le « *Dauphiné Libéré* » :

« *La Compagnie des Guides de Chamonix accueille un nouveau membre. Aujourd'hui, c'est jour de fête au sein de la célèbre institution. Elle récompense le parcours d'un jeune homme arrivé d'un plat pays. Ses pairs le reconnaissent maintenant comme l'un des leurs. Après plusieurs années d'un travail dur, ce jeune passionné est enfin admis. Il est l'un des plus jeunes à devenir guide. Les personnalités de la ville et de la vallée sont venues célébrer comme il se doit le jeune montagnard. Sur la photographie, on voit Adrian Maciej, le jeune récipiendaire avec sa médaille, entouré des cadres de la compagnie* ».

Il lit le message plusieurs fois. Il a enfin une trace de son frère. Il élargit le cliché pour voir en plus gros le visage de cet inconnu. La photographie est de mauvaise qualité et l'agrandissement en accentue encore plus les imperfections. Il ouvre le tiroir de sa table de chevet et attrape la photographie de famille. Il la juxtapose à l'écran. Il n'y a pas de doute. C'est bien lui. « *Un guide... un guide de montagne. Chamonix. Le Mont-Blanc...* » pense-t-il en passant son doigt sur le moniteur. De son autre main, il fouille le tiroir ouvert jusqu'à sentir la pièce de carton ; celle de la boîte de chocolat. Il pose l'ordinateur à côté de lui et s'adosse à la tête de lit. Il regarde, songeur, l'image entre ses doigts. Les bords se délitent un peu et la scène s'efface par endroit. Il laisse les souvenirs tourner puis danser dans sa tête. Il voit Aniela dans son jardin. Elle lui tend les bras. Il court vers son enfance dans le coron de Loos. Il est habillé d'une petite chemisette à manche courte et d'un pantalon court retenu par des bretelles. Il fait beau et les deux jumeaux dominent la ville. Il aperçoit Adrian à l'autre bout de la rue, mais plus il s'approche de lui, plus son frère s'éloigne. Puis il disparaît complètement. Il reste seul au milieu de la route que le soleil écrase de chaleur. Il tend ses bras et ouvre ses mains.

Le claquement du volet le sort de ses pensées. Il se lève pour fermer le contrevent. La maison est calme et silencieuse. La nuit est bien avancée quand il range son ordinateur et remet ses trésors dans la table de chevet. Il trouve difficilement le sommeil, mais il finit par s'endormir sur des rêves blancs, montagneux et le visage d'Alice. Au matin, il la retrouve autour d'un bon café et lui fait part du contenu du message reçu la veille. Contrairement à son habitude, il n'arrête pas de parler. Il évoque avec empressement Chamonix, Adrian, les guides, la montagne.

Alice le regarde avec un grand sourire et sans pouvoir dire un seul mot. Elle avale une dernière gorgée de son ristretto et se lève de sa chaise. Elle s'approche de lui. Il monologue encore. Elle se colle à lui et lui attrape doucement la tête pour la mettre entre ses mains. Il n'a pas le temps de terminer sa phrase qu'Alice pose ses lèvres sur les siennes. Il sent les lèvres humides d'Alice et leur goût prononcé de café. Tout à coup, il se trouve un peu sot. Il ravale momentanément son enthousiasme et s'excuse auprès d'Alice. Il prend le temps de savourer son petit déjeuner.

C'est le cœur un brin plus léger qu'il se rend au garage Peloso. Entre ses journées de travail, les sorties avec Alice, les soirées avec les amis de la cité, les repas dominicaux entre les rires de Simona et la moustache de Luigi, il trouve l'énergie pour préparer son voyage vers Chamonix et les Alpes. Il partira au printemps. Il a tout organisé avec l'aide de la famille Peloso pour que l'activité du garage n'en pâtisse pas. Mais comme aime le dire Luigi en faisant référence au film « *Le Parrain* » et en imitant Vito Corleone : « *Un uomo che non trascorre del tempo con la sua famiglia non è veramente un uomo* », « un homme qui ne passe pas de temps avec sa famille n'est pas vraiment un homme ».

Avec le réseau de la famille Peloso, il fera plusieurs étapes et traversera la France avec un léger accent italien. Il aurait voulu se rendre directement dans les Alpes, mais la vieille Fiat 500 de mille-neuf-cent-cinquante-sept réparée et choyée par Luigi Peloso a besoin de faire de fréquentes pauses. Et pas question de prendre les autoroutes.

Il est ému et il a du mal à retenir ses larmes quand, discrètement, Luigi dépose au creux de sa main, les clés de la voiture et un rouleau de billets. À son tour, il prend soin de la voiture. Tous les soirs avant de quitter l'atelier, il regarde la « *belle mécanique* », comme le répète Luigi, et passe un coup de chiffon si nécessaire. Il est juste un peu triste de ne pas pouvoir partir avec Alice, mais elle devrait pouvoir le rejoindre après ses examens. Il poursuit ses recherches sur internet, mais ne trouve que peu de choses concrètes sur Adrian. Il déniche simplement quelques articles sur la montagne et la compagnie des guides. Il finit par découvrir une adresse dans Chamonix.

Il compte les semaines et les jours avant son départ. C'est la première fois qu'il va s'en aller seul pour un voyage à l'issue incertaine. Il se confie à Alice et puise du réconfort au creux de ses bras. Curieux et impatient, il accompagne, quand il le peut, Alice à la bibliothèque et consulte tous les livres sur les Alpes. Le soir, il regarde des vidéos sur la ville de Chamonix et sa vallée, la compagnie des guides et les grandes ascensions. Un jour de pluie sans fin, quand le ciel se couche sur la terre et couvre les têtes des jumeaux, il retrouve par hasard le nom de la montagne qui figure sur le carton précieux qu'il garde depuis son enfance.

Il ne se lasse plus alors de contempler toutes les images qu'il peut trouver de la face nord des Grandes-

Jorasses. Un rideau de six pics pointus, tranchants, surgi des profondeurs, et qui déchire le ciel et s'enveloppe autour du glacier de Leschaux. Il apprend le nom des sommets par cœur. Il connaît le nom des grandes voies et des alpinistes qui y accrochèrent leur nom. En regardant tous ces panoramas grandioses, il a le tournis.

Il pense aux fosses onze et dix-neuf. Il pense aux mines d'ici dont on a creusé la terre et extrait le minerai. Il pense aux gueules noires qui s'entassaient dans des « *cages* » noires, sinistres et grinçantes. Il imagine les roues des chevalements qui tournaient sans fin. Il pense à son père et à son frère. Ils les voient le regardant avec les yeux blancs et évidés sur leurs visages charbons. Il sent l'air vif qui descend de la montagne et s'enroule autour de lui pour l'attirer à elle.

Le voyage

Il voyage depuis déjà deux jours. Il avance doucement vers les montagnes. Il ménage sa monture. La vieille mécanique chauffe et a souvent besoin de repos. Il suit à la lettre l'itinéraire défini avec Alice et surtout avec Luigi Peloso. Il lui a même donné un antique porte-cartes en cuir avec une collection de cartes Michelin. Étant donné l'insistance du garagiste, il ne l'a pas refusé. Avec Alice, ils ont eu un regard complice et amusé.

Il avait déjà rentré son parcours dans son smartphone et activé le suivi GPS. Il découvre et s'émerveille des nouveaux paysages rencontrés. Il roule depuis le matin toujours en direction de l'est. Le bruit du petit moteur couvre presque complètement la musique de l'habitacle. Il n'est pas gêné plus que ça, car il aime le bruit de cette mécanique. Il évite autant que possible les grosses artères de circulation, mais à l'approche des villes il doit se résoudre à emprunter des routes larges dans lesquelles se perd sa minuscule auto. Les camions qui la dépassent, ou la croisent, la maltraitent, à grands coups de klaxon et de courant d'air. Il est tendu et s'accroche au volant. Dès qu'il le peut, il rejoint de petites routes.

Dans les stations-service, Wiktor et son véhicule deviennent une véritable attraction. Un jeune homme assez grand dans une mini voiture ce n'est pas très fréquent et ça amuse les passants. Le soin apporté par Luigi Peloso à cette voiture fait des merveilles aussi dans les longues côtes. Dans les moments de calme, il se rappelle des étapes et de la grande famille Peloso. La banquette arrière est couverte de spécialités italiennes et même d'un drapeau italien. Wiktor est complètement adopté. C'est le gendre de Luigi ! C'est le fils de Luigi ! « *È il figlio di luigi !* ». Wiktor sourit en y repensant. Il aurait tant aimé qu'Alice partage avec lui ces moments précieux.

Au soleil déclinant, il aperçoit nettement les montagnes et leurs cimes enneigées. Il s'approche doucement et son cœur s'agite. Il crispe ses doigts sur le volant. En regardant le relief se dessiner au loin, il se demande si son idée est bonne. Il pense à Anna. Il ne sait plus si c'est bien ce qu'il souhaite. Il ne sait pas qui est Adrian. Il ne sait pas ce qu'il est. Il ne sait même pas s'il voudra bien le voir. Il ne sait pas comment lui dire. Il ravale sa salive et relâche un peu son pied de la pédale d'accélération. Il ralentit et se range devant la sortie d'un chemin forestier. Il coupe le moteur. Il croise ses bras autour du volant et regarde au loin. Les montagnes deviennent sombres et leurs formes géométriques se découpent comme des dents de scie sous une tiède lumière crépusculaire. Il reste dans cette position le temps de la chanson. Son hymne et celui d'Alice. Une histoire importante.

Il s'extirpe de l'habitacle et attrape son blouson de cuir. Il fait quelques pas. Il prend et allume une cigarette. Il revient vers la voiture et s'appuie sur l'aile gauche. Tout en fixant l'horizon, il tire une longue bouffée de sa cigarette. En apnée, il laisse la fumée pénétrer son corps puis il souffle un grand coup.

La nuit est tombée quand il entre dans la ville d'Annecy. Il cale son téléphone sur l'itinéraire qui le conduira vers une auberge de jeunesse. Il traverse le centre-ville puis s'approche du lac. Il trouve facilement l'hôtel et une place pour s'y garer. Il récupère ses affaires et verrouille les portes du minuscule carrosse de Luigi Peloso. Fatigué, il prend possession des clés de sa chambre et s'écroule sur le lit.

Il prend le temps d'envoyer un long message à Alice, débordant d'amour et d'inquiétude, avant de se glisser sous les couvertures. Le lendemain, un épais brouillard se baigne dans le lac d'Annecy. Il tire l'imposant rideau et ouvre la fenêtre. Il inspire une pleine gorgée d'air frais. Il déjeune seul dans la grande salle à manger. Il est très tôt et l'auberge dort encore. Ce matin, Wiktor a faim et il n'hésite pas à piocher dans les provisions généreuses récupérées chez les Peloso. Il boucle rapidement ses bagages et s'installe sur le cuir froid du siège de la Fiat. Au premier tour de clé, la voiture grelotte, mais ne démarre pas. Il réitère l'opération. L'automobile tremble à nouveau puis s'arrête. Il ne s'affole pas. Il connaît son véhicule. La vieille mécanique n'aime pas du tout l'humidité et l'air froid. Il fait une pause. Le temps de fumer et de regarder la brume s'élever vers le ciel que le soleil matinal s'efforce de percer. À la troisième tentative, la voiture toussote. Il appuie un petit coup sec sur la pédale d'accélération. Le moteur pétarade avant de démarrer complètement. Il tapote sur le tableau de bord et se met en chemin.

La ville est calme et les routes sont totalement vides. Il la traverse rapidement et prend la direction de Chamonix. Il sait que c'est sa dernière étape. Il a passé une bonne nuit et il sait qu'il n'est pas question de renoncer. Il va aller jusqu'au bout. Au milieu des montagnes qui l'entourent, il se sent bien. Très bien. Il est sûr de ce qu'il doit faire. Il veut rencontrer Adrian. Il doit arriver au bout de sa recherche. Il tourne la manivelle de la vitre pour laisser l'air de la vallée pénétrer dans l'habitacle. Il est heureux et reprend en sifflotant la chanson presque inaudible qui sort des haut-parleurs. La route devient plus sinueuse et il s'amuse comme un pilote avec son minuscule bolide.

L'entrée dans la vallée de Chamonix est grandiose et écrase Wiktor dans sa petite voiture. Il tire sur le volant pour coller sa tête au pare-brise et mieux profiter du paysage et des montagnes qui l'entourent. Il longe l'Arve et se rend directement devant le bâtiment qui abrite la compagnie des guides. Il trouve une place de parking non loin de là et arrête le moteur fatigué de la vieille voiture. « *J'étais sûr que tu me lâcherais avant d'arriver ! Sais-tu que tu es né de l'autre côté de ces montagnes ?* », se dit-il au fond de lui en tapotant sur le volant. Il s'extirpe de l'automobile et se déplie complètement. Il lève et tire ses bras vers le haut. Il sent tout de suite le froid lui frotter le bas du dos. Il attrape et enfile le blouson acheté pour l'occasion avec Alice. Il s'appuie à la portière, s'allume une cigarette et tourne la tête vers les sommets environnants.

Il entre dans la maison de la montagne par une petite porte et se dirige vers le comptoir. Devant lui se tient un gaillard à la stature imposante et vêtu d'une chemise au tissu épais et d'un pantalon de toile côtelée. Des chaussettes de laine beiges jaillissent de ses brodequins montants au cuir usé et grimpent jusqu'à la base des genoux. Il a posé son sac à dos à ses pieds et s'entretient en anglais avec la personne de l'accueil. Il parle fort et semble passablement énervé. Après un long échange, dont il n'a pas compris un traitre mot, l'homme fait demi-tour, se frotte le menton, saisit violemment son sac par une bretelle et sort sans se retourner, en silence et en claquant la porte. Wiktor s'avance tranquillement vers la jeune femme.

— Bonjour dit-il.

— Il ne manque pas d'air celui-là ! Je ne suis pas
« *miss météo* ». Je ne suis quand même pas res-
ponsable du temps qu'il fait ! Incroyable ! ... heu,
oui ? Bonjour. Je peux vous renseigner ? de-
mande-t-elle en retrouvant un semblant de
calme.

— Je... j'ai une demande un peu particulière. Je...
je cherche un guide.

— Ha ? Eh bien, vous êtes au bon endroit.

— Oui. Oui. Je veux dire que je cherche...

— ... un guide ?

— Vous vous moquez. Bon. Je cherche Adrian.
Adrian Maciej. Vous savez où je peux le trouver.

— Vous avez dit qui ? J'ai bien entendu ? Adrian ?
C'est ça ? s'assure la jeune femme en prenant un
air sévère.

— Oui. C'est bien lui. Où puis-je le trouver ?

— Il n'est pas ici. Il n'est plus ici.

— Il est en montagne ? C'est ça ?

— ... plutôt au bar...

— Où ça ? Vous avez dit ?

— Il ne travaille plus ici. Il ne fait plus partie des
guides ! Voilà !

— Mais... mais... je ne comprends pas. Je suis... je
suis son frère et je suis venu de loin pour le voir.
J'espérais... enfin... je pensais qu'il était guide
ici, reprend-il sur un ton triste et inquiet.

— Il l'était. Oui, il l'était, mais c'était avant... avant
l'accident.

La recherche

Il pose ses deux mains sur le comptoir de bois et baisse le visage. Il essaie de retrouver ses esprits. Il est interloqué par la nouvelle. Il ne comprend pas. Tout se bouscule dans sa tête. Pendant qu'il encaisse le coup et tente de rassembler ses idées, un homme d'une quarantaine d'années arrive dans le hall d'accueil.

Il est habillé avec des vêtements de montagne et porte un pull de laine dont Wiktor reconnaît l'écusson brodé de la compagnie des guides. Il a des cheveux châtains et courts qui retiennent une paire de lunettes miroir. Son visage, massif et buriné, est percé par deux yeux bleu très clair. Il n'est pas très grand, mais une impression de force se dégage de lui. Il a sur une épaule un sac où s'accroche une corde et un piolet. Il toise Wiktor et s'approche de la jeune femme.

— Salut Julie ! Quelque chose pour moi ?
— Oui. Deux courses à prévoir. Une du côté de l'Aiguille de Bionnassay et l'autre à la Dent du Géant. Ce sont toutes des personnes habituées et il y a un couple espagnol. Les dossiers sont rangés dans les casiers.
— OK. C'est noté. Avec le temps prévu, on va sans doute décaler. On verra. Et ce jeune homme ? Il est là pourquoi ?

— Eh bien... c'est pour... il est venu... balbutie Julie.

— Quoi ? Je ne comprends rien ! Alors ?

— Il cherche... c'est le frère de... Adrian lâche-t-elle à voix basse.

— Qui ça ? C'est bien ce que j'ai entendu ? Je n'imaginais pas entendre à nouveau ce prénom ! Vous êtes qui ? Qu'est-ce que vous voulez ?

— Je... je cherche mon frère... Adrian. Je pensais le trouver ici, confirme-t-il.

— Ton frère ! Bravo ! Il ne fait plus partie de la compagnie ! Et pour cause ! On ne veut pas d'un assassin dans nos rangs ! L'accident ! C'est entièrement sa faute ! Mon gars ! On ne peut rien pour toi ! Tu es venu pour rien ! Hurle le guide.

— Mais... Je ne pige pas... Je...

— On ne peut rien pour toi ! Et voilà ma journée foutue ! Merci ! laisse-nous maintenant ! Ordonne-t-il en regardant avec insistance Wiktor.

Wiktor ne comprend pas ce qui se passe. Il se retourne et marche tel un robot vers la porte d'entrée. Il baisse la poignée et ouvre le battant. Il referme derrière lui et fait quelques pas en titubant. Il avance comme ça sur la placette et il ne trouve son salut que sur un banc mouillé. Il s'y laisse tomber. Un vent glacial balaie l'endroit désert.

Il remonte la glissière de son blouson et relève son col. Il tremble. Il a la force de récupérer son paquet de cigarettes dans sa poche. Il s'y reprend à quatre fois avant de pouvoir aspirer la fumée du tabac. Il n'a pas le courage de sortir son téléphone pour prévenir Alice. Il perçoit des bruits de pas derrière lui. Il ne se retourne même pas. Julie, la réceptionniste de la maison des guides, se pose devant lui.

— Je suis vraiment désolée. Je ne pensais pas qu'il serait comme ça, s'excuse Julie.

— Qui ça ?

— Benjamin. Benjamin Descombes. Le guide que vous avez vu à l'instant.

— Ah. Lui.

— Je ne sais pas pourquoi il est comme ça.

— Ce n'est pas grave. Merci. Je vais repartir maintenant.

— Je suis sortie pour vous dire qu'aux dernières nouvelles, Adrian était du côté de Sallanches. Il logerait dans un camping. C'est un peu plus bas dans la vallée. J'aimais bien... j'aime bien Adrian. Je suis triste de ce qui est arrivé.

— Quoi ? Qu'est-ce qui est arrivé ?

— C'est que... enfin. Vous savez... C'est moi qui ai répondu à votre appel sur les réseaux sociaux. Voilà tout ce que j'ai comme information. Je... je suis désolé. Vous trouverez, j'espère, des réponses à l'intérieur, termine Julie en lui tendant une enveloppe de papier Kraft.

— C'est... c'est vous. Pourquoi ne l'avez-vous pas dit ?

— Je ne sais pas. Je suis accablée par ce qui est arrivé à Adrian. Je ne sais pas ce qui est vraiment arrivé. Je n'y crois pas à tout ça.

— Merci. Je vais tenter ma chance à Sallanches.

— Donnez-moi des nouvelles, demande Julie en s'éloignant.

Wiktor, les documents dans une main, regarde la jeune fille entrer dans la maison grise. Il expulse une belle bouffée de cigarette puis il éteint le mégot en le frottant au sol. Il se lève et jette le bout restant dans la poubelle située à quelques pas. Triste et déçu, il retourne à sa voiture. Il s'y engouffre et pose le paquet sur le siège passager. Il tente de démarrer, mais après quelques toussotements, le moteur de la voiture refuse de répondre. Il pince le volant d'une main et, avec l'autre, il tape violemment sur le minuscule tableau de bord.

Quelques flocons de neige virevoltent dans le ciel bas et viennent atterrir sur le pare-brise. Il serre le poing et frappe encore une fois la planche de bord. Il regarde l'enveloppe sur le siège. Il hésite à l'ouvrir. Il tourne la clé et le moteur s'ébranle. Il appuie deux fois sur la pédale d'accélérateur avec son pied avant que le ronronnement bruyant du vieux « *moulin* » ne se fasse entendre. Il recherche les campings avec son portable. En cette saison, la plupart sont fermés. Il en trouve un, situé le long de la rivière et de l'autoroute qui est ouvert toute l'année. Il cale le guidage sur l'adresse du lieu. Une voix l'invite à opérer un demi-tour.

Il quitte le centre-ville de Chamonix et redescend en direction de Sallanches à quelques kilomètres de là. Il suit les indications du téléphone. Il passe devant l'hôpital puis s'engage sur un pont qui enjambe l'autoroute et débouche dans une zone commerciale. Il longe un stade puis ralentit quand il aperçoit un grand panneau mentionnant le camping. Il s'avance dans la petite ruelle et se gare près d'un chalet de bois faisant office de bureau d'accueil. L'endroit semble fermé. Il descend de la voiture. Il tombe maintenant un mélange glacial de neige fondue. Il souffle dans ses mains et remonte la glissière de son blouson au niveau du col. Il grimpe les quelques marches et se plante devant le guichet.

Il est clos jusqu'à dix-huit heures. Il regarde l'heure sur son portable. Il devra patienter deux heures. Il décide de rentrer et de parcourir le camping. « *Je vais sûrement le trouver. C'est tellement petit ici et il n'y a presque personne* », se dit-il. Il passe auprès de trois camping-cars. Ils paraissent fermés. Il s'approche discrètement et tente de voir par les fenêtres aux stores baissés. Il ne distingue rien. Il poursuit son exploration en regardant souvent derrière lui. Il examine en détail les trois rangées de mobilhomes. Deux seulement sont éclairés. Il jette un coup d'œil furtif et n'aperçoit que des couples de personnes âgées qui contemplent un écran de télévision en attendant une journée plus belle. Au fond du terrain, une haie dégarnie cache tant bien que mal, de vieilles caravanes, des morceaux de mobilhome et des carcasses en tout genre. Dans ce désordre, son regard est attiré par une ancienne roulotte. Son accès est dégagé et elle lui semble fonctionnelle et habitée. Sa curiosité est trop forte. Il s'approche en évitant les flaques de boue qui couvrent le sol.

— Vous cherchez quelque chose ? C'est privé ici !
Tonne une voix masculine derrière lui.
— Oui. Je… je cherche. Je m'excuse, mais je suis à la recherche d'Adrian. Adrian Maciej. Je suis…
— Ah ? Il n'est pas rentré. Je suis le gérant. C'est fermé. Vous devez attendre dix-huit heures, reprend l'homme au bonnet de laine noir sur un ton plus calme.
— Oui. Oui. D'accord. Je vais attendre. Je vous prie de m'excuser, enchaîne Wiktor penaud.
— OK. Ça va. Vous lui voulez quoi à Adrian ?
— Je suis… je suis de sa famille. Je viens de loin et je voulais le rencontrer, assure-t-il.
— Vous n'êtes pas une sorte de journaliste j'espère ? Il ne veut pas être dérangé. Il veut oublier tout ça. De sa famille vous dites ?
— Oui. Je viens du nord. J'arrive de Lens.

— Ah oui. Ça m'étonne tout ça. Il m'a toujours dit qu'il n'avait pas de famille.

— Je vous jure, monsieur. Je suis bien de sa famille.

— On verra. On verra ça. En attendant, retournez à l'accueil et n'entrez pas dans ma propriété sans mon accord. C'est compris ? ordonne le gérant.

— Oui, monsieur. J'y vais. Je reviendrai plus tard, confirme Wiktor.

Il passe tout près de l'homme au bonnet. Il a une carrure d'athlète, le visage rouge et couvert d'une barbe broussailleuse de couleur cendre. Il porte un jean usé et une chemise de laine épaisse. Une paire de bretelles aux accroches de cuir lui maintient le pantalon. Il est planté dans deux belles bottes fourrées dont les poils longs traînent dans la boue.

Il remonte vers sa voiture en suivant la voie ferrée qui borde le camping. Il entend même le bruit des eaux grises qui s'échappent des montagnes dans un torrent mugissant et tumultueux et filent vers la vallée. Il tourne discrètement la tête et regarde en direction du gérant. Celui-ci, à quelques encablures derrière lui, l'accompagne avec des yeux sévères et méfiants. Il se glisse dans l'habitacle et essaie de démarrer. Il décide d'aller dans le centre en attendant l'ouverture officielle du camping. Il doit s'y reprendre à trois fois avant que l'engin ne veuille bien se mettre en marche. Dans son rétroviseur, il voit le gardien entrer dans son chalet.

Il retrouve la direction du cœur de ville. Il ne lui faut que quelques minutes pour arriver sur les quais qui encadrent la rivière Sallanches. Il trouve facilement une place.

Avant de sortir, il écrit un rapide message à Alice suivi de trois cœurs rouges. Il s'extrait de la voiture, récupère l'enveloppe et la glisse dans une des poches intérieures de son blouson. Il le ferme jusqu'en haut et s'allume une cigarette. Il s'approche doucement de la rivière en passant sous une allée d'érables et se pose sur un banc public. L'eau, de la même couleur que le ciel, se faufile entre les rochers. Elle flâne et prend son temps, mais descend fatalement vers l'Arve, qui l'attend un peu plus bas.

Les avenues sont désertes. Les rares piétons s'engouffrent dans les quelques boutiques ouvertes. Il suit les quais puis se laisse perdre dans les petites rues adjacentes. Il retrouve toujours les berges de la rivière. Il remonte jusqu'au bout l'allée arborée et débouche sur le quartier Saint-Jacques. Il s'approche d'une fontaine silencieuse et grimpe jusqu'au parvis de l'église. Dos à la porte fermée du bâtiment, il lève les yeux, là-bas, vers la vallée de Chamonix et ses montagnes.

Une épaisse couverture de nuages enveloppe les sommets comme pour les protéger des regards admiratifs et fascinés. Elle entretient la légende et le mystère. Il fait le tour de la placette. Il passe devant le Saint-Roch, un bar modeste qui expose en terrasse quelques tables carrées et une poignée de chaises vides. Il pousse la porte vitrée, entre, et s'empresse de refermer derrière lui pour ne pas laisser s'infiltrer l'air froid qui a pris possession de la terrasse, de la rue et de la ville tout entière.

Il reconnaît les odeurs familières de la brasserie. Celles-là mêmes qu'il humait quand, parfois, il retrouvait son père au « Onze ». Ici, un arôme de café qui se mélange à des relents d'anis, de bière et de vin bon marché. La salle est presque déserte. Au fond, un écran diffuse en boucle l'histoire d'un monde en direct. Près de la porte, un guichet bariolé distribue des billets vides d'espoir et des tickets gratte-bonheur. Le comptoir est modeste. Il s'approche du bar et commande une bière pression. Il se hausse sur le tabouret haut et regarde l'autre écran installé derrière le serveur entre les verres et les bouteilles. L'appareil propose alternativement l'horoscope du jour et la météorologie. Il descend la fermeture de son blouson. Il attrape son verre et avale une longue gorgée. Il le repose sur le sous-bock.

Le patron s'affaire dans ce qui semble être une arrière-cuisine. La salle est presque silencieuse. Il n'entend que le son des deux écrans qui se répondent en écho. Il se tourne légèrement sur son siège pour regarder vers la salle. Au fond, un couple est assis sur une banquette, autour de deux tasses à café encore fumantes. Happés par la profondeur abyssale du contenu de leur téléphone, ils restent muets. À quelques tables devant eux, une personne se cache derrière un journal local.

Adrian

Wiktor ne distingue que ses grandes mains sèches et ses doigts abîmés, mais il devine qu'il s'agit d'un homme quand il pousse, de temps à autre, et avec une voix grave des jurons contre les articles imprimés. Il esquisse un sourire et reprend une bonne rasade de son amer breuvage. L'individu finit par froisser et baisser son journal puis il interpelle le barman. D'un geste de la main, il lui indique clairement que son verre est vide et qu'il doit être empli au plus vite. Le patron dresse le menton vers l'homme attablé et remplit un verre de vin. « *C'est le dernier! C'est compris!* » ajoute-t-il en brisant d'un coup le silence relatif du lieu.

Surpris, le couple lève les yeux un instant puis replonge sans respirer au fond des écrans de leur petite boîte de métal, de verre et de plastique. Il descend de son tabouret et s'accoude au bar. Il regarde l'homme assis derrière lui. Des cheveux longs, bruns avec quelques mèches blanches, tombent et ondulent sur sa figure. Le menton et le bas du visage paraissent secs et maigres. Il ne porte pas de barbe, mais son visage est mal rasé. Il a aux pieds, des bottes de neige à moitié déchirées. Un pull de laine épais, vert olive, et troué par endroit lui couvre le corps. Sur le dos de la chaise, il devine un blouson de ski marron et un bonnet de la même couleur. Le serveur passe devant lui et met le verre face à l'homme au journal.

— Tiens, Maciej ! Voilà ton verre ! Et c'est le dernier ! Tu m'as compris ?
— Oui... Oui... d'accord, dit l'homme d'une voix traînante.

Wiktor se retourne d'un coup et pose ces deux mains sur le bar. Il n'est pas certain d'avoir bien entendu ce nom. Si. Il en est sûr. C'est bien ce nom qu'il vient d'entendre. Il avale d'un trait le fond de son verre et en commande un autre. Il s'approche du patron revenu derrière son bar.

— Veuillez m'excuser, monsieur, mais vous avez bien dit... Maciej ? chuchote-t-il.
— Oui. C'est bien ça. Vous le connaissez ? Vous savez, il est là tous les jours. Vous êtes journaliste ? Quelque chose comme ça ? Dans la vallée, je suis le seul à l'accueillir, vous savez. Depuis... vous savez... l'histoire. Je croyais qu'il partirait. Mais non. Il est toujours là. Hein Maciej ! Tu es toujours là ! braille le barman.
— Quoi ? Qui ? Moi ? ... mais je suis innocent. Oui, innocent. Réponds l'homme en baissant la tête tristement.
— Tu parles ! On l'est tous ! ... Tiens ! Voilà un admirateur ! reprend le patron en désignant Wiktor d'un coup de menton.

Adrian relève un peu la tête et dégage quelques mèches de son visage. Wiktor ne s'attendait pas à se retrouver face à son frère si vite. Il n'a pas le temps de se préparer. Il avale sa salive. Sa gorge est sèche. Il distingue enfin les yeux d'Adrian. Les mêmes yeux qu'Aniela. Il inspire profondément. Il sent son cœur se dérober puis s'accélérer et marteler sa poitrine. Il est pris de panique. Il ne sait pas. Il ne sait plus s'il doit lui dire qui il est. Il est debout devant le bar ; il a les yeux écarquillés et la bouche entrouverte comme s'il manquait d'air. Il doit trouver quoi dire maintenant. Adrian vient à son secours.

> — Ouais. Si c'est pour un journal ou un autographe, j'ai déjà tout donné et je n'ai plus rien à dire.
> — Heu… non… je suis… enfin… je…
> — Ce n'est pas très clair jeune homme. Je n'ai pas de temps à perdre. J'ai ce verre à terminer et le journal à vomir, enchaîne Adrian énervé.

Wiktor essaie d'avaler sa salive. Il déglutit avec difficulté puis il lui vient une idée et les mots s'approchent de ses lèvres.

> — Non. Non. Rien de tout ça. Je suis venu pour la montagne. Je voudrais que vous m'emmeniez là-haut. J'ai entendu dire que vous étiez guide.
> — Je ne le suis plus ! C'est fini tout ça ! La montagne m'a rejeté… comme ma famille… comme tout le monde.
> — J'ai besoin de vous.
> — Vous trouverez des guides à la maison des guides de Chamonix. Je ne fais plus ça. Je ne suis plus guide. Je ne suis plus rien. Elle m'a tout pris !
> — Mais ? … vous êtes le meilleur. Vous avez ouvert beaucoup de nouvelles voies. Soyez mon guide ! Je vous en prie ! supplie-t-il.
> — Vous ne connaissez pas la montagne ! Un monde sauvage et sans pitié qui prend… les corps et les âmes… les corps… mon âme se lamente Adrian, en buvant son verre d'un trait.

— Apprenez-moi ! Je ne sais pas ce qui vous est arrivé, mais vous ne trouverez pas les réponses dans ce verre de mauvais vin.
— Qu'est-ce que tu en sais, gamin ! Je devrais être là-haut moi aussi. Je devrais être avec eux ! La montagne comme tombeau. Mais non ! Je suis redescendu ! Seul ! Pourquoi ? Hein ? Pourquoi ? Tu le sais, toi, gamin ?

Wiktor réclame deux nouveaux verres au gérant qui s'affaire devant la caisse enregistreuse et ne perd pas une bribe de la discussion. Il pose les boissons sur le bar. Wiktor s'en saisit et s'approche de la table d'Adrian. Il garde sa bière à la main et pousse l'autre verre vers Adrian. Il tire une chaise et s'assoit. Il fixe Adrian.

— Regarde, petit ! Regarde mes mains ! Tu vois ?
— C'est vous que je veux pour m'accompagner dans la montagne ! Personne d'autre ! Vous m'entendez ? Vous arrêtez ça ! insiste-t-il en écartant le verre d'Adrian.
— Mais tu es qui pour me dire ce que je dois faire ? Je fais ce que je veux ! Si je tiens à me perdre ici... si je veux me noyer dans ce vin rouge infâme, c'est mon droit, petit ! braille Adrian.
— Ce n'est pas comme ça que tu prouveras ton innocence ! fulmine-t-il.
— Hein ! Quoi ? Qu'est-ce que tu dis ? répond Adrian furibond en écartant les mèches de ses yeux.
— C'est vous qui l'avez dit. Il paraît que vous êtes INNOCENT.
— C'est sûr ! Et comment veux-tu que je fasse ? C'est foutu ! Ma vie est foutue ! gémit Adrian en buvant une gorgée.

— Prouvez à tous qu'ils avaient tort ! Vous êtes le meilleur ! Vous valez mieux que ça ! Je veux aller là et il me faut un guide ! s'entête-t-il en faisant glisser l'image cartonnée sous le nez d'Adrian.
— Que ? ... quoi ? C'est là que tu veux aller ?
— Oui. C'est exactement ici, indique Wiktor en tapotant son doigt sur la photographie usée.
— Les Grandes-Jorasses ! Rien que ça ! Tu ne doutes de rien, petit !
— Je sais et c'est pour ça que j'ai besoin de vous. Vous allez m'aider ?
— Pourquoi veux-tu faire ça, gamin ?
— J'ai mes raisons. Je vous le dirai si vous m'emmenez au sommet.
— Je ne t'emmènerais pas ! Tu iras sur tes deux jambes ! Le chemin sera long et difficile. Tu es prêt... c'est quoi ton prénom ?
— Je... je m'appelle V... Hugo ! Hugo répond-il sans réfléchir.
— Ha ! Oui. Hugo... avec un H comme... Hugo reprend Adrian hilare.
— C'est ça. C'est bien ça, assure-t-il, un peu confus.
— Tu sais ? Je ne sais pas si j'en suis encore capable. Ça fait des mois que je ne fais rien. Ça fait des mois que je picole pour oublier cette histoire de fous. Je ne sais pas si j'en ai encore la force. Non. Je ne sais pas. Regarde mes mains. Regarde mes doigts.
— Je vais vous aider.
— Tu vas avoir du boulot gamin !

Adrian finit son verre. Il invite Wiktor à faire comme lui puis il se lève et se dirige vers le fond de la salle où un vieux néon éteint en forme de flèche, indique les toilettes.

Wiktor termine son verre et se plante face au patron occupé, derrière son bar, à lire la gazette locale. Il demande
la note des consommations et attend Adrian devant la
porte vitrée.

Quand Adrian revient, il s'apprête à payer, mais le
gérant sans dire un mot soulève la tête vers Wiktor.
Adrian, en passant, tape franchement l'épaule de Wiktor.
Il accepte la claque comme remerciement puis ils sortent
tous les deux. Dehors la nuit s'avance. Elle est accompagnée d'une pluie de neige fondue qui glace les corps
jusqu'aux os. Wiktor relève le col de son blouson et remonte le zip de la fermeture au niveau du cou. Adrian tire
un bonnet de laine complètement usé qu'il pose sur sa tête
et dans lequel il enfouit ses cheveux longs et gras.

Wiktor lui propose de le conduire directement à son
camping. Il ne se fait pas prier. Il est juste un peu surpris
lorsqu'il doit se plier en deux pour grimper dans la voiture
de poche. Il lui demande même avec un sourire moqueur,
comment il a pu arriver jusqu'ici avec un tel engin. Adrian
l'invite à prendre un verre chez lui et partager avec lui son
repas du soir. Il salue d'un geste de la main le propriétaire
du camping quand la voiture, et ses deux occupants passent devant la guérite de l'entrée.

Dans le mobilhome, il fait un froid glacial. Adrian
peine à allumer un minuscule poêle à pétrole. Malgré l'empressement d'Adrian à effectuer un peu de place, Wiktor a
du mal à se frayer un chemin jusqu'à la banquette aux
coussins recouverts d'un tissu épais, rayé et complètement
élimé par endroit. Des morceaux de mousse s'échappent
même de la housse déchirée. Il trouve un petit siège entre
une pile de cartons et une valise entrouverte d'où débordent des vêtements. Il garde son blouson. Il remarque les

traces d'humidité et de moisissure qui grignotent les fenêtres. Il renifle un mélange d'odeurs surprenantes. Entre
le renfermé et le vestiaire. Entre la friture et le pétrole.
Adrian réussit à démarrer le chauffage et le souffle d'air
encore froid tourbillonne dans l'étroite maison mobile. Il
entreprend le nettoyage de la vaisselle qui encombre
l'évier. Quand il s'apprête à l'aider, il fait face à un refus
catégorique de son hôte. « *Tu es mon invité gamin !* » indique
fermement Adrian. Il retourne s'asseoir dans son trou et
en profite pour envoyer un message à Alice :

*« Mon amour. Je suis à Sallanches. À quelques kilo-
mètres de Chamonix. J'ai trouvé Adrian. Je suis avec lui ce
soir. Il fait un froid glacial et il tombe une pluie mêlée de
neige. Il s'est passé quelque chose, car Adrian ne semble
plus travailler à la maison des guides. J'espère en savoir
plus. Une employée de cette maison m'a donné des documents. C'est grâce à elle que j'ai retrouvé Adrian. Je mange
avec lui ce soir. Je ne sais pas où je dormirai cette nuit. Tu
me manques. Come ti vorei (comme je te désire) ... Quanto ti
vorei (combien je te désire). »*

Il termine son message par trois émoticônes en
forme de cœur. Pendant ce temps, Adrian a sorti du réfrigérateur un grand bocal d'une soupe épaisse. Il verse tout
le contenu dans une casserole fraîchement lavée. Il en-
flamme une allumette et tourne l'un des deux boutons de
la gazinière miniature. Il approche le bâtonnet incandes-
cent et une belle ronde de lumières bleues se forme autour
du brûleur. Il pose sur la grille le lourd poêlon. Il plonge
dedans une louche avec laquelle il effectue une dizaine de
tours.

Au bout de quelques minutes, un parfum de soupe
et de légumes envahit le modeste espace. Adrian ne dit

rien. Il semble ailleurs. Il reste silencieux devant la cuisinière. Il regarde fixement le tourbillon dans la casserole. Il tourne inlassablement jusqu'à ce que de grosses bulles de soupe éclatent dans le récipient puis il actionne le bouton. Wiktor contemple Adrian et cherche dans sa tête le sujet d'une discussion. Il a tellement de questions à poser à Adrian qu'il voudrait tout dire d'un coup. Il se demande encore pourquoi il a inventé ce prénom d'Hugo.

Adrian s'approche de la table et met la casserole fumante sur un torchon. Il se retourne et ouvre un placard haut d'où il sort deux bols. Il les installe sur la table. Il récupère deux grandes cuillères et tire d'un sac de toile une miche de pain. Avant de s'asseoir en face de lui, il dépose sur le plateau, une boîte de sel, un moulin à poivre, un pot de crème et une bouteille de vin.

— Alors Hugo ? Tu as faim ? Je te sers ? demande Adrian en attrapant la louche et en dégageant les mèches de ses yeux.
— Heu... oui. Je veux bien. Merci.
— C'est un breuvage extra que me préparent de vieilles gens qui habitent un peu plus haut et qui ont un potager magnifique. Une merveille !
— Ça sent très... très bon.
— Ajoute ce que tu veux Hugo ! Moi je mets un peu de crème et beaucoup de sel. Veux-tu un verre de vin ?
— D'accord. Mais juste un verre, acquiesce-t-il.

Le repas est calme et feutré. On n'entend que le bruit des cuillères dans le fond des bols. Wiktor et Adrian s'observent. Leurs regards se croisent parfois, mais l'un ou l'autre baissent immédiatement les yeux. Au deuxième bol

de la savoureuse soupe, Wiktor boit d'un trait son verre de
vin. Le liquide âpre lui râpe l'intérieur de la gorge.

— Adrian ?
— Oui ?
— Que... qu'est-ce qui est arrivé ?

Le guide

Le mois d'août inonde la vallée de Chamonix d'un soleil matinal généreux. La brume s'élève et s'évacue rapidement. Elle emporte avec elle les pluies intenses qui sont tombées ces derniers jours. Le village retrouve une atmosphère estivale. Les parasols se déploient et couvrent les terrasses. L'Arve, aux eaux remuantes, brunes et boueuses, charrie toujours les restes du mauvais temps. L'air est encore frais. Les tentes et les caravanes s'égouttent. Les campeurs aussi. Les hôtels aux façades lavées déplient leurs volets. Les fenêtres s'ouvrent pour laisser entrer le majestueux paysage. Les balcons sculptés des chalets de bois ne se lassent jamais de la beauté des montagnes. Le village s'éveille doucement. Il s'agite et s'abandonne aux caresses des rayons du soleil qui chassent les derniers nuages attardés. Les rues lessivées peinent encore à évacuer le trop-plein d'eau.

Adrian se rend d'un pas décidé à la maison des guides. La course mainte fois reportée est programmée pour aujourd'hui. Depuis qu'il est devenu guide, il enchaîne les sorties en montagnes. Il est heureux. Il sifflote. Il s'arrête dans sa boulangerie préférée. Il aime cette odeur de pain chaud et de viennoiseries quand elles sont, tout juste, extraites du four. Il prend son temps pour arriver jusqu'à la maison. Il profite du soleil. Il lève les yeux vers l'Aiguille du Midi pour voir monter la première cabine et admirer le chapeau de nuages qui couvre le Mont-Blanc. Deux petits jumeaux cotonneux qui s'accrochent encore un peu au sommet. Ils tentent de résister aux assauts des rayons ardents, mais ils finissent par céder. Ils s'effilochent puis ils se laissent glisser sur les neiges immaculées.

Adrian pénètre dans la maison des guides et file directement au bureau. Il y a déjà quelques personnes dans l'entrée. Julie renseigne les estivants et les amoureux de la montagne. Quand elle voit passer Adrian, elle lui décroche un beau sourire. Adrian le lui rend et lève son bras en agitant doucement le sac de viennoiseries qu'il vient d'acheter. Il continue et longe le mur des portraits pour accéder à la salle réservée aux guides. Elle est encore vide à cette heure. Il va directement à la machine pour préparer le café. Il ouvre le sachet de papier et saisit un beau croissant tout chaud. Il mord dedans à pleines dents et consulte le tableau. Il accompagne deux personnes sur le Mont Maudit face nord en passant par l'Aiguille du Midi. Sur la table, Adrian lit avec attention les bulletins météorologiques. La salle se remplit petit à petit. Le café est presque coulé. Les guides prennent connaissance de leurs courses et racontent sans se lasser celles qu'ils viennent de réaliser. La montagne fait leur vie et leur bonheur. Teint hâlé et lunette de glacier, sur la tête ou sur la poitrine au bout d'un cordon, ils devisent joyeusement. Le soleil est revenu. Le café est passé. Comme une douce caresse, une bonne odeur de croissants et de boisson chaude mêlée flotte dans l'air.

Julie profite d'un moment de répit à l'accueil pour retrouver les guides dans leur salle. Elle récupère un café et une brioche puis fonce sur Adrian. Elle est sous le charme de ce beau jeune homme aux cheveux longs et au corps élancé et athlétique. Les yeux clairs d'Adrian la font chavirer. Elle aime se souvenir et raconter le premier jour où elle l'a vu arriver pour « *grimper toutes les montagnes* » comme le disait avec gourmandise Adrian.

Sa formation a été difficile et compliquée. Lui, le gars venu du nord. Personne ne lui a fait de cadeaux. Surtout le jeune guide Benjamin Descombes. Dès qu'il le pouvait, il lui rappelait son origine. Il le surnommait avec animosité *« le mineur »* ou *« le piocheur »*. Adrian tentait de ne pas relever la méchanceté de Benjamin. Il avait un but unique ; celui de devenir guide de montagne. Il redoublait d'efforts et en faisait toujours plus que les autres. Sitôt qu'il avait du temps libre, il partait dans la montagne et ne revenait qu'à la nuit tombée ou seulement le lendemain.

Benjamin ne supportait pas que Julie s'intéresse à ce *« mineur polonais bouffeur d'endives »*. La jalousie le rongeait. Avant qu'Adrian ne débarque dans la vallée de Chamonix, Benjamin était tout à fait sûr que Julie lui appartenait. Elle le repoussait gentiment, mais il était toujours plus entreprenant et insistant. La direction de la maison des guides due intervenir promptement pour calmer les agissements du jeune accompagnateur, mais cela ne dura qu'un temps. Il voulait parvenir à ses fins par tous les moyens. Julie s'arrangea pour ne jamais se trouver seule avec lui. Parfois, il l'attendait jusqu'à sa voiture. Aussi, elle dut interpeler à plusieurs reprises l'administration au sujet de l'attitude de Benjamin Descombes.

Rappelé à l'ordre, il fit profil bas pendant quelque temps. Quand Adrian est arrivé, Benjamin repéra une cible plus prioritaire. Pendant qu'Adrian travaillait dur pour réaliser son rêve, Benjamin se laissait aller à la méchanceté et consacrait tout son temps et toute son énergie à échafauder des plans pour gâcher la vie d'Adrian. Adrian choisit l'indifférence, même si au fond de lui son cœur et son corps en souffraient énormément.

À la fin de la formation, Adrian fut brillamment reçu aux examens tandis que Benjamin fut refusé. Il dut faire une année d'apprentissage supplémentaire. Le jour de la remise des diplômes, Adrian regardait vers les montagnes. Benjamin, lui, épiait Adrian et Julie l'air renfrogné, la bouche fermée et en serrant les dents. Derrière ses joues creusées, ses mandibules s'activaient frénétiquement. Une colère rentrée imprégnait tout son corps.

Benjamin Descombes entre dans la salle avec une mine satisfaite. Il salue tous les guides sauf Adrian qui feint l'indifférence. Il s'approche de Julie et se plante devant elle. Il la saisit par les épaules et l'attire vers lui comme pour l'embrasser. Julie lui prend les bras et les écarte d'un coup. Elle se recule et s'éloigne rapidement de Benjamin. Les autres guides ne semblent pas remarquer le manège du jeune guide ; à l'exception d'Adrian qui tente de capter le regard furieux de Julie pour lui signifier son soutien.

Adrian passe la fin de la matinée à préparer et à vérifier son matériel. Il contrôle tout. Chaque détail compte. Même pour une sortie en montagne de quelques heures, il prend un soin méticuleux, presque maniaque, à ranger son sac. Il examine toutes les poches et remet chaque chose à leur endroit habituel. Julie le regarde faire avec amusement et admiration. Crampons, piolets, cordes, ravitaillement, vêtements et trousse de secours trouvent exactement leur place dans le vieux sac à dos d'Adrian.

Il est plus ancien et plus lourd que les sacs récents, mais il ne veut pas se séparer de celui-ci. Il est rapiécé et recousu à plusieurs emplacements, mais il tient encore et accompagne le jeune guide depuis qu'il est arrivé à Chamonix. C'est un don d'un des formateurs qui a pris Adrian sous son aile et lui a fait découvrir et aimer la montagne. C'est un peu grâce à lui que le novice sait lire la montagne et éviter ses pièges. Adrian se sent complètement libre ici, mais il reste humble dans ce milieu sauvage et dur que d'aucuns viennent consommer comme on se promène dans un jardin fini. Il regrette tous les accidents des randonneurs et alpinistes amateurs qui gravissent les pentes pareilles à des fourmis en terrain conquis.

Pour cette course, Adrian prendra le téléphérique et contrairement à son habitude ne partira pas de la fontaine située place Balmat pour rejoindre les sommets. Beaucoup d'autres guides, et, Benjamin Descombes, le premier, se moquent de lui. Adrian s'en amuse et préserve son rituel. Il aime traverser la ville, encore endormie, au petit matin. Il se réjouit d'entendre à nouveau le son du torrent. Il est heureux quand il commence à monter pour passer au-dessus des maisons et s'enfoncer dans les bois. Il surprend un rapace qui à grand bruit d'aile s'éloigne un peu. Il dérange quelques animaux qui s'aventurent près de la cité. Lorsqu'il emmène des clients gravir les sommets et tant que le jour n'est pas levé, il ne dit rien et marche d'un bon pas.

Adrian vérifie encore deux fois son sac pour que rien ne dépasse puis il le dépose au vestiaire de la maison des guides. Les cloches de l'église Saint-Michel sonnent midi. Adrian retrouve Julie. Ils déjeunent ensemble dans un petit restaurant du vieux village. Les autres guides se dispersent. Certains partent déjà pour les randonnées ou les courses programmées. Julie s'apprête à fermer l'accueil lorsque débarque Benjamin Descombes, visiblement énervé. Il lui signifie avec autorité qu'il veut rester un moment dans les bureaux pour terminer la préparation de son prochain Mont-Blanc prévu dans deux jours. Julie lui laisse son trousseau de clés et rejoint Adrian. Elle essaie de ne pas y prêter attention, mais elle sent le regard insistant de Benjamin qui la suit derrière la baie. Quand elle se retourne brusquement, elle le voit se faufiler dans l'ombre des mouvements ondulants du rideau. Elle retrouve Adrian et ils partent déjeuner. Il fait trop froid pour manger en terrasse. Ils s'installent à l'intérieur. Adrian prend toujours une place à côté d'une fenêtre d'où il peut surveiller les massifs. Julie le taquine pour ses manies. Il parle des montagnes. Elle voudrait aller avec lui. Elle aimerait l'embrasser. Il parle encore des montagnes. Elle est patiente et sourit. Il contemple les sommets. Elle se perd dans ses beaux yeux clairs.

Adrian regarde le dernier bulletin météo accroché au tableau. Il récupère son sac dans le local des guides et se rend directement dans le hall d'accueil pour retrouver les deux personnes qui partent avec lui vers le mont Maudit. Les présentations sont rapides. Adrian n'est pas très bavard. Il fait un grand sourire à Julie qui lui fait signe de la main. Il ne traîne pas pour attraper la prochaine cabine en partance pour l'Aiguille du Midi.

L'accident

Le soleil n'a pas tout à fait chassé le mauvais temps. De gros nuages blancs s'attardent et profitent du panorama. Ils se laissent glisser doucement au-dessus de la vallée. La montée en téléphérique s'effectue sans problème. Dans l'habitacle, Adrian entend quelques discussions, mais il se concentre surtout sur le bruit du mécanisme de portage et le franchissement des pylônes. Il n'aime pas le mélange d'odeur qui inonde la cabine. Un subtil parfum de caoutchouc, d'eau de toilette, de crème solaire, de métal froid et de neige. Au passage de l'antenne du plan de l'Aiguille, Adrian contemple avec envie toutes les dents rocheuses qui s'élancent vers le ciel. Il devient bavard avec ses compagnons et nomme chacune des pointes. Il est intarissable sur les meilleurs itinéraires à faire de ce côté de la vallée. Après un dernier balancement, la cabine se cale et s'arrête dans la gare du téléphérique. Un léger vent d'ouest souffle.

Il fait nettement plus froid. Adrian dispense ses conseils et la cordée s'équipe avant de franchir la barrière pour descendre dans la neige et la glace pour gagner le refuge des Cosmiques. Plusieurs équipes s'apprêtent également à partir. Adrian salue deux autres guides. Il vérifie le matériel de ses clients puis il les attache à sa petite corde. Ils s'élancent tous les trois vers la vallée blanche. L'à-pic est impressionnant, mais la neige tombée durant la nuit ne couvre pas la trace, devenue très glissante, laissée par des centaines de passages. Adrian se place derrière.

Les deux personnes qui l'accompagnent ne sont pas des débutants. Il vérifie quand même les nœuds de huit, les piolets et les crampons. Il donne quelques conseils supplémentaires et se remet en dernière position. Il abandonne ses partenaires pour commencer l'étroite pente. Les premiers pas sont un peu hésitants, mais avec les indications rassurantes d'Adrian, les enjambées deviennent sûres. La neige fraîche rend moins glissante la descente de l'éperon. Ils parviennent en bas assez vite. Ils poursuivent le chemin en suivant les traces bien marquées par la cordée qui les précède. Le jeune guide à l'accent du nord leur parle de l'abri Simond non loin de là. Il est complètement laissé à l'abandon. Il est transformé en un dépotoir immonde au milieu d'un écrin immaculé. Une tâche. Un peu de la civilisation à trois mille mètres d'altitude. « *Tout le monde s'en fout, la montagne est souillée* », marmonne Adrian en plantant son piolet. Il ne faut pas longtemps au groupe pour s'approcher du refuge. Ils l'aperçoivent d'en bas. La neige est assez dure et le vent modéré. La dernière montée est assez facile. En cette saison, l'abri n'est pas complet. Adrian salue les gardiennes des lieux et deux autres guides de la compagnie de Chamonix. Adrian se poste sur la terrasse et attend que l'ultime goutte de soleil disparaisse avant de se coucher. Le départ du lendemain est fixé à deux heures.

Le plateau du Col du Midi est balayé par un air glacial. Il n'est pas très fort, mais ralentit un peu la progression des trois alpinistes. La nuit est claire. Le souffle du vent est entrecoupé par le bruit des pointes qui s'enfoncent dans la neige dure qui scintille sous le faisceau des lampes frontales. Adrian est heureux ce matin, car il n'y a pas de cordées devant lui. Il lève la tête pour indiquer à ses compagnons le Triangle du Tacul qu'ils laissent sur la gauche pour attaquer la montée de l'épaule du Mont-Blanc du Tacul.

Ils passent une barre de séracs, une première rimaye très abrupte et un immense mur de neige compacte. Les trois hommes s'accordent une petite pause avant le franchissement de la deuxième crevasse. Au bout de deux heures quarante d'effort, ils arrivent en vue du Col Maudit. Les deux clients d'Adrian soufflent et peinent un peu à respirer. Ils marchent plus lentement. Adrian les aide à trouver le bon rythme. Les yeux s'habituent à l'obscurité. La nuit est claire et la journée s'annonce belle. Adrian se sent bien. Il emplit ses poumons d'un air froid.

Au-dessus de sa tête, les « *points de silence* » s'éteignent un par un, effacés par la lumière du jour encore hésitante. La progression jusqu'au col est assez rapide. Ils se glissent sous une grosse barre de séracs. Ils viennent de passer les quatre mille mètres d'altitude. Ils franchissent le chaos de glaces enchevêtrées pour accéder à une nouvelle rimaye très pentue. Adrian regarde sa montre. La cordée avance bien. Il autorise une longue pause avant que d'attaquer l'ascension finale du mont Maudit. Le guide, attentif, remarque tout de suite que les hommes qui l'accompagnent cherchent l'air et souffrent de l'élévation. Avant de repartir, Adrian vérifie les baudriers, la corde et les crampons.

Ils franchissent la crevasse et remontent, en relais, une belle rampe de neige glacée jusqu'à une barre rocheuse. La pente s'accentue franchement. Adrian passe en tête et utilise son piolet pour creuser de profondes marches. Il se hisse au niveau d'un pieu de bois pour installer un nouveau relais. La neige et la glace au-dessus d'eux, forment le rouleau d'une vague figée. Les alpinistes se débattent dans l'écume poudreuse. Dans la pénombre, les montagnes alentour se dévoilent enfin. Devant eux, une immense paroi blanche tout juste percée de quelques rochers éclatés. Adrian ouvre la voie. Ses deux compagnons progressent lentement. Ils mettent leurs pas dans ceux d'Adrian et s'appuient sur leurs deux piolets. Au soleil levant, qui fait briller la neige figée, le vent se laisse glisser entre les sommets et prend des forces. Il ferme son blouson et serre le cordon de ses lunettes de glacier. Il ajuste sa cagoule et rabat sa capuche. Plus bas, les deux hommes avancent avec de plus en plus de difficultés.

Les ressauts rocheux leur donnent un peu de répit. Ils s'y abritent un moment puis Adrian tire sur la corde et les invite à continuer à grimper. Après un peu plus de quatre heures d'effort, la cordée est en vue du sommet. Quelques mètres plus haut, les deux compagnons se tombent dans les bras. Ils immortalisent l'instant d'une photographie. Ils remercient Adrian. Un panorama grandiose et unique s'offre aux alpinistes. Adrian, derrière les verres miroirs de ses lunettes, ferme les yeux une minute. Il inspire profondément et s'imprègne de l'air raréfié des cimes. Il se tourne vers le soleil, parle à la montagne et murmure plusieurs fois : « *Il tient dans sa main les profondeurs de la terre, Et les sommets des montagnes sont à lui... Et les sommets des montagnes sont à lui... Et les sommets des montagnes sont à lui...* ».

Il retrouve ses esprits quand arrive, de l'autre côté, une cordée de cinq personnes venant certainement du Mont-Blanc. Il reconnaît tout de suite le guide qui est avec eux. Un des formateurs d'Adrian. Ils échangent quelques mots cordiaux, avant qu'Adrian ne donne le départ de la descente aux deux hommes euphoriques qui le suivent. Ils vérifient les équipements et ajustent les nœuds de la cordée, puis, ils s'engagent dans la pente. Adrian marche dans les traces de la montée. Il longe la corniche à bonne distance de la bordure. Un manteau de presque dix couches de neige coiffe le rocher. La descente semble relativement facile et la cordée progresse assez vite jusqu'à la barre de neige et de glace surplombant la rimaye au niveau du col du Mont Maudit.

Adrian s'arrête. Il cale bien ses crampons et pose son sac à ses pieds. Il défait les lanières et plonge sa main à l'intérieur pour récupérer sa longue corde. Il est un peu surpris, quand il la sort de la vaste poche, de voir la manière dont elle est pliée. Il n'y prête pas plus d'attention, mais il ne retrouve pas sa façon, à lui, de l'enrouler. Il la pose à côté de lui. Il détache ces deux compagnons et replie la petite longe qu'il range dans son sac. Il préfère prendre la plus grande longueur pour ce couloir délicat. Il l'installe sur ses épaules et le long de son cou.

Comme il le fait à chaque fois, il la fait passer aux deux autres hommes en les invitant à s'attacher. Il enroule la corde autour du pieu de bois. Il plante ses deux piolets derrière lui et appuie ses pieds dans les deux trous qu'il a préalablement creusés dans la neige durcie. Il donne ses directives avant que le premier de cordée enjambe la muraille de neige et de glace et commence à avancer. Bien calé, il assure la descente et guide les deux compagnons. Avec fermeté, il laisse doucement filer la corde dans son dos. Il y va calmement. Le filin glisse le long de ses bras puis entre ses moufles rembourrées. Il tient solidement et les deux hommes progressent petit à petit. C'est d'abord le tour du premier alpiniste puis c'est le second qui entame la descente. Il est presque arrivé en bas quand Adrian sent passer entre ses doigts gantés un morceau anormalement fin de corde. Il regarde immédiatement le bout de son bras droit. La gaine est complètement effilochée et les torons sont presque tous coupés. Il ne comprend pas. Il est tout de suite pris de panique puis il se ressaisit et il hurle un « *stop !* » qui raisonne encore dans toute la montagne. Il tire doucement sur la corde, mais elle lâche d'un coup et il se retrouve le dos dans la neige.

Il ne sent plus du tout de tension au bout de ses doigts. Il se relève immédiatement. Il enroule la corde et fait un nœud d'arrêt, plante ses piolets et s'allonge au bord de la paroi blanche et glacée. Le soleil éclaire l'entrée de la crevasse, mais Adrian n'aperçoit plus ses compagnons de cordée. Il ôte ses lunettes pour essayer de mieux voir, mais la réverbération l'aveugle complètement. Il constate seulement la corde coupée qui se balance dans le vide. Adrian ne comprend pas. Son cœur s'emballe et frappe sa poitrine. Il respire mal. Il appelle et appelle encore jusqu'à s'irriter la gorge. Le vent pousse ses hurlements au loin, mais c'est l'effroyable silence qui lui répond.

Il se relève et fouille dans son sac pour récupérer son téléphone portable. Il compose le numéro d'urgence, regarde sa montre et indique sa position. Il crie encore et encore. L'effarement envahit tout son être. Il décide de se glisser au plus près de la rimaye. Il prend sa deuxième corde et la fixe solidement au pieu de bois. Il se met sur le bord de la falaise blanche et froide. Il cale bien ses crampons et se laisse doucement descendre en rappel. Il a les genoux et les cuisses qui tremblent. Il progresse lentement. Il sent ses mains qui se tétanisent. Il marque une pause et tente de détendre ses muscles. Il a la sensation d'être là depuis des heures.

Il lève la tête. Le ciel profond est bleu azur. Le soleil frappe la glace et des millions de particules gelées flottent autour d'Adrian. Il reprend sa descente. Il aperçoit les restes du pont de neige sur lequel devaient se trouver ses deux compagnons de cordée. Avec ses deux pieds, il appuie plusieurs fois sur la paroi de neige dure pour se donner suffisamment d'élan de manière à se retrouver sur le glacier de l'autre côté de la crevasse. Il plie ses jambes et fait une dernière poussée lorsqu'une partie du mur gelé s'effondre sur lui. Il disparaît à son tour dans le précipice.

Adrian finit par ouvrir les yeux. Il peut à peine bouger. Son corps tout entier lui fait mal. Son bras gauche est complètement engourdi et il n'arrive plus à mouvoir son épaule. Il a soif malgré la neige qui lui couvre les lèvres et une partie du visage. Avec sa langue, il attrape des morceaux de glace et de neige qu'il fait fondre dans sa bouche. Il ne distingue pas tout à fait son environnement. Ses lunettes sont totalement cassées et la monture ne tient plus que sur une oreille. Il ferme plusieurs fois les paupières. Ses yeux se chargent de larmes. Avec sa main droite, il s'essuie la figure et arrive à obtenir une image nette.

La cavité de glace est immense, sombre et profonde. La voute au-dessus d'Adrian est inatteignable. Sur le bord, le sérac effondré laisse passer un peu de la clarté éclatante du soleil. Des reflets bleutés irisés de blanc tapissent cette cathédrale éphémère de neige et de glace comme un plafond vivant composé de milliers de lumières silencieuses. Adrian tourne sa tête sur le côté. Il ne distingue pas le bas de la crevasse.

Il prend conscience tout à coup qu'il doit sa survie à un ressaut étroit et de quelques mètres de long. Il arrive à se positionner sur le flanc et tente de localiser ses compagnons de cordée. Ses yeux se sont habitués à la pénombre, mais le tréfonds du trou est comme celui d'un puits sans fond. Il n'entend pas le bruit des gouttes d'eau qui se détachent et tombent du plafond de glace. Il n'ose plus bouger en voyant la fragilité du refuge sur lequel il se tient. Il appelle plusieurs fois, mais il n'obtient en retour que sa voix en écho. Il se redresse en hurlant de douleur et réussit à se mettre assis. Il se recule un peu et s'adosse à la falaise froide et ruisselante.

Il aperçoit le bout de la corde qui perce la glace à quelques encablures au-dessus de lui et qui court le long de la paroi. Il suit le cordon du regard. Le filin descend puis disparaît dans les profondeurs de la crevasse. Mais il finit par remonter vers la plateforme sur laquelle se tient Adrian. Il découvre avec délivrance que la longe est toujours attachée à lui et qu'elle est solidement fixée à son baudrier. Il prend conscience alors que son sac est encore près du pieu de bois sur lequel il s'est amarré. Son téléphone est dans le sac. Avec les tours de corde qui lui reste, il improvise une écharpe pour soulager son bras et son épaule.

Les glaçons qui s'étaient formés autour de ses longs cheveux fondent doucement et l'eau glacée lui descend dans son encolure et dans son dos. Il a froid. De sa main valide, il tire son tour de cou vers le haut et le glisse sur sa chevelure. Il remonte le col de son blouson. Dans ce tombeau de glace et de neige, il est seul. Il pense à ses deux compagnons que la montagne vient d'engloutir. Le sacrifice est trop douloureux. Il s'en veut. Il connaît les risques. La montagne est un endroit dur et fragile. Elle est belle et sauvage. Adrian n'arrête pas de songer à ce couloir. Un parcours facile qu'il a effectué des dizaines de fois. Il revoit le déroulement de toute cette journée pour essayer de comprendre ce qui a pu se passer.

Il ne peut effacer de sa mémoire cette image de la corde qui lui reste entre les mains. Son imagination lui jette en tête la vision des deux hommes qui tombent brutalement. Il avait, comme à son habitude, presque maniaque, vérifié tout le matériel et surtout les filins. Il ne s'explique pas comment une corde émoussée a pu se retrouver dans son sac. Il enlève un de ses gants pour essuyer les larmes qui naissent au coin de ses yeux. Il le remet très vite, car l'air froid lui glace le sang. Le moindre mouvement résonne dans son épaule meurtrie. Il décide de se reposer avant de penser à sortir de ce piège. Il s'adosse à la paroi et il essaie de trouver une posture relativement confortable. Par habitude, il serre fermement la corde qui le relie à l'extérieur. Il regarde la voute et les jeux de lumière qui naissent entre les rayons du soleil et les cristaux de glace. Ce kaléidoscope naturel tourne autour de la tête d'Adrian et lui donne le vertige. Il ferme les yeux.

Une lumière blanche et éclatante éblouie Adrian. Il se sent léger. Des milliers de particules captent les rayonnements et virevoltent autour de lui. Il vole au milieu de ces bulles de clarté. Il veut lever le bras pour les attraper. Il se sent bien. Il est allongé. Il ne sent plus la douleur. Il n'a plus froid. Il n'a pas soif. Il n'entend aucun bruit. Il tourne la tête sur le côté et croise le reflet de son visage dans la vitre teintée du casque d'un homme en combinaison aussi bleu que le ciel. Il sourit.

Le vacarme des pales de l'hélicoptère est comme étouffé. Soudain, Adrian a peur. Il est pris de panique. Il crie. La corde n'est plus attachée à lui. Il est complètement sanglé et n'arrive plus à bouger. Il s'élève doucement et s'approche dangereusement de la carène de l'objet volant. Il veut s'échapper, mais il ne peut pas. Les bruits reviennent petit à petit. Le bourdonnement du moteur couvre les paroles rassurantes du secouriste.

Adrian se réveille dans une chambre au mur lavande. Des rideaux fins filtrent la lumière. Bêtement, Adrian cherche sa corde. Il ne trouve qu'un tuyau qui court de son bras à une poche suspendue à côté de lui. Il a soif. Il se redresse. Son épaule et son bras en écharpe lui font mal. Il se soulève à l'aide de la poignée au-dessus de lui et il réussit à s'asseoir complètement. Il attrape le pichet de plastique posé sur la table roulante et le porte directement à hauteur de ses lèvres abîmées. L'eau arrive d'un coup et s'échappe de sa bouche. Elle coule le long de son cou jusqu'à sa chemise de patient à l'imprimé bleu. Il ne se souvient pas depuis combien de temps il est là.

Il repose la carafe puis, d'un geste précis, il soulève les draps et les jette sur le côté. Il se glisse sur le bord du lit et s'aide de son bras valide pour se lever. Il s'approche de la fenêtre et il s'appuie sur le portique à perfusion et écarte le voilage. Il reconnaît tout de suite les montagnes qui encadrent la vallée de Chamonix. Un train de nuages clairsemés emprunte la vallée pour gagner la plaine. Adrian lâche le tissu et se retourne. Il embrasse du regard la petite chambre. Dans un coin de la pièce, un fauteuil en similicuir marron accueille son sac à dos et ses vêtements de montagne. Immédiatement, les images de l'accident lui sautent à la gorge. Il vacille. Il a les jambes qui tremblent. Il regagne doucement le lit et s'y laisse tomber. Il voudrait disparaître. Le temps s'assombrit et une violente averse frappe les vitres de la chambre.

Entre les auditions des gendarmes et celles de la compagnie des guides, Adrian guérit et fait face, comme il peut, mais avec dignité, aux journalistes. Parmi eux, certains sont enclins à la recherche du moindre détail pour alimenter la rubrique des faits divers. Ils sont sans retenue et sans pitié pour lui ; bien pourvu par Benjamin Descombes qui trouve là une occasion inespérée de discréditer et diffamer son « *rival* ». Il est même capable d'inventer des histoires sordides et mortifères concernant Adrian et son passé de mineur. Il ne répond pas, mais il s'écroule face aux familles des deux victimes. Il s'effondre en larmes et ne trouve pas les mots. Il puise un peu de réconfort auprès de Julie. Elle semble être la seule à le soutenir. La direction de la compagnie des guides prend fait et cause pour les allégations de Benjamin. La justice suit un chemin identique et, même dépourvu de preuves, Adrian est accusé de « *mise en danger de la vie d'autrui par négligence professionnelle* ».

En l'absence d'indices formels, il échappe de peu à un emprisonnement ferme, mais reçoit d'une lourde amende. Les familles des deux hommes disparus au mont Maudit ne feront pas appel de la décision de justice. Il perd son statut de guide de haute montagne et les journaux se délectent de la déchéance du jeune guide. Les mêmes l'avaient porté aux nues quelques années plus tôt. Adrian est effondré. Il est pris dans un tourbillon et n'arrive plus à respirer. Il s'échappe et trouve refuge dans la montagne. Celle même qui l'a trahi. Il disparaît pendant des jours.

Sa vie se désagrège comme cette corde effilochée qui l'obsède et à laquelle il pense sans arrêt. Julie tente de l'aider comme elle peut, mais Adrian, accablé par le drame, se renferme sur lui-même. À Chamonix, il est montré du doigt. Adrian voit des yeux accusateurs et pleins de haine dans tous les regards qu'il croise. Il prend de moins en moins les sentiers vers les cimes, mais de plus en plus de verres dans les bars toujours plus sordides. Il y reste des heures et des jours à contempler les glaçons qui doucement fondent dans le sirop alcoolisé d'anis et de réglisse.

Il ne remarque bientôt plus les sommets qui l'entourent. Il rentre souvent en titubant et en vociférant contre
les voitures qui klaxonnent et l'évitent de justesse. Ses
cheveux longs et gras couvrent son visage rougi et piqué
d'une barbe désordonnée. Ses vêtements sont sales et déchirés. Il dégage une odeur corporelle désagréable. Julie
ne le reconnaît plus et espace ses visites. Adrian erre parfois sur les bords de l'Arve et regarde avec envie les eaux
tumultueuses. « *Au moins, là, tout serait fini !* », pense-t-il.

Sans travail et bientôt sans argent, il est vite contraint de quitter Chamonix et de s'installer plus bas dans
la vallée. Il trouve refuge dans le seul camping qui l'accepte
dans l'état où il est et sans le moindre sou. Il fraternise
tout de suite avec le gérant qui lui prête, contre de menues
tâches sur le terrain, un vieux mobilhome délabré et rongé
par la neige, la glace et le froid des montagnes. Le patron,
un homme simple et bourru, se prend de sympathie pour
Adrian. Ils partagent quelques dîners, beaucoup de bières
et les hivers longs et froids sur un espace désert ou la gadoue se mélange à la neige. Quelques mètres en contrebas,
le torrent, perpétuellement en colère, agite ses eaux grises
et boueuses.

La vérité

Wiktor et Adrian partagent le même quotidien depuis plusieurs semaines. Ils vivent ensemble dans l'étroite et vétuste roulotte. Le printemps est tellement pluvieux qu'il faut couvrir le toit d'une bâche pour éviter que l'eau ne ruisselle à l'intérieur. Un peu de rangement et quelques aménagements sont nécessaires pour que les deux hommes trouvent leur place. Wiktor contribue volontiers avec son argent à l'amélioration de son quotidien et, par la même occasion, celui d'Adrian, qui souvent refuse.

Ils continuent, tous les deux, les travaux d'embellissement du camping pour préparer la saison d'été. Depuis l'arrivée de Wiktor, Adrian prend un peu plus soin de lui, mais les habitudes et les addictions sont collantes. Plusieurs fois, il trouve Adrian complètement saoul et errant dans la ville. À maintes reprises, il le récupère chez le gérant et le ramène en guidant ses pas.

Il se retrouve comme avec son père, mais les coups en moins. Adrian a la boisson mélancolique. Wiktor résiste. Il a envie de tout plaquer pour rejoindre Alice. Il puise un peu de réconfort en passant de longs moments au téléphone avec elle. Elle lui manque. Il lui manque. Elle doit venir aux beaux jours. Dès qu'il le peut, il sort Adrian de son quotidien et le promène dans sa voiture. Ils partent à la découverte des villages voisins. Ils ne parlent pas beaucoup. De toute façon, leurs voix sont complètement inaudibles à cause du moteur fatigué de la petite automobile.

Adrian et lui testent quelques randonnées faciles sur les hauteurs de Sallanches, mais Adrian est souvent malade et ils sont obligés de redescendre. Un soir, de retour d'une nouvelle tentative, Adrian, fébrile et fiévreux, se couche directement. Il lui éponge le front et lui fait avaler de force un médicament pour le soulager. Adrian refuse d'abord puis se laisse faire avant de se recroqueviller et de s'endormir en ânonnant des propos incompréhensibles pour lui : « *le sac... le sac... plier la corde... plier la corde... l'âme coupée... la gaine... les fils* ». Des mots qui reviennent souvent dans le sommeil agité d'Adrian.

Wiktor s'installe sous l'auvent et attrape son sac. Il sort l'image cartonnée et regarde la photo des Grandes-Jorasses. Il doute. Il s'imaginait déjà là-haut, levant les bras au ciel, au côté de son frère. Il range le précieux trésor dans son sac et frôle de ses doigts une enveloppe de papier kraft. Il la saisie et la retire du sac. Il revoit Julie, près de la maison des guides, le rattraper et lui confier les documents. Il était trop occupé à retrouver son frère. Il se faisait tellement de soucis pour Adrian, qu'il les avait complètement oubliés.

Il décachète l'enveloppe et renverse le contenu sur la table extérieure bricolée avec de vieilles palettes. Il y a des notes manuscrites, des rapports officiels et des photos. Il parcourt attentivement toutes les archives. Il comprend très vite que ces preuves innocentent Adrian et que l'accident n'en est pas un. La corde a bien été volontairement endommagée. Il s'explique un peu mieux les délires des nuits agitées d'Adrian. Il est abasourdi. Il s'en veut de n'avoir pas regardé ça plus tôt. Il s'enfonce dans le vieux fauteuil de camping rapiécé. Les photographies montrent nettement le défaut de la corde. En parcourant les indications écrites de la main de Julie, il découvre le nom du guide qui est le seul à s'être introduit dans le vestiaire la veille du drame. « *Je le savais... je m'en doutais... le salop ! Quelle ordure ! Mais pourquoi personne n'a-t-il parlé ? Pourquoi Julie n'a-t-elle rien dit ?* » se répète-t-il plusieurs fois. Il range précieusement tous les papiers et les clichés puis il se lève pour récupérer une bière presque glacée dans le vieux réfrigérateur, posé sur des parpaings, qui ronronne bruyamment dans un coin de l'auvent. Il écrit un long message à Alice. « *Il a encore des choses à faire ici* », finit-il par lui avouer.

Le lendemain matin, il se réveille tôt et file, dans le froid, aux sanitaires pour se doucher. La vallée tout entière est dans une brume épaisse. À son retour, il trouve Adrian assis sur le bord de son lit.

> — Adrian ? J'ai quelque chose à te montrer. Une grande nouvelle, dit-il.
> — Ah ? Oui, gamin. Je t'écoute, répond Adrian encore endormi.
> — Mais avant tu vas prendre une bonne douche et te laver la tête. C'est compris !
> — Eh ! Doucement, gamin. Tu te prends pour qui ?
> — Allez. S'il te plaît ? Fait ça pour moi, tu veux bien ? Demande-t_il gentiment.
> — OK. OK. Hugo. J'y vais. J'y vais, acquiesce Adrian.

Dès qu'Adrian réapparaît dans le mobilhome, une odeur artificielle de gel douche l'accompagne. Il sourit puis il explique tout à son frère. Il pose tous les documents sur la table. D'abord impassible, Adrian laisse Wiktor tout lui raconter. Surtout les circonstances dans lesquelles Julie lui a transmis le dossier. Adrian, les cheveux humides et tombant sur son visage, ne bouge pas. Seules ses mandibules réagissent. Peu à peu, son corps s'agite. Il remue les jambes puis sa colère éclate. D'un violent revers de main, il balance les bols hors de la table. Il attrape les feuillets à pleine main et les serres très fort. Il en regarde furtivement la teneur puis ils les reposent sur le plateau.

Wiktor ne voit pas les yeux d'Adrian, mais les devine furibonds. Adrian se lève, trouve un autre récipient dans le casier au-dessus de lui et le remplit de café. Il avale le contenu du bol d'un trait. Il ôte son vieux pull et son pantalon de coton usé pour passer un vêtement de montagne. Il fourre le nécessaire dans son sac à dos. Il rassemble les papiers éparpillés sur la table et les remet dans l'enveloppe qu'il glisse sous les coussins d'assise de la banquette. Il écarte les mèches de ses yeux et regarde fixement Wiktor.

— Hugo ! Prépare-toi ! On part en montagne, affirme-t-il en se faufilant sous l'auvent.

Wiktor est surpris et un tantinet désemparé. Il s'exécute sans rien dire. À son tour, il revêt une tenue confortable de montagne. Il range son sac, enfile ses chaussettes de laine et lace ses godillots ; achetés pour l'occasion avec Alice dans une boutique de sport de Lens. Il glisse une bouteille d'eau et des biscuits dans une large poche. Il referme le tout et rejoint Adrian sous la toile humide et froide qui filtre le brouillard tombant. Adrian, le nez au-dehors, aspire en saccade sur la cigarette qu'il vient d'allumer. Il souffle lentement la fumée qui se noie instantanément dans la brume. Il regarde en sa direction. Il ouvre le coffre collé contre la paroi extérieure de la caravane.

Il tire une belle corde vert et rouge et un blouson épais qu'il jette dans les mains de Wiktor. Il en prend un autre pour lui et rabat le couvercle. Il clôt la porte à clé, enfile son anorak et son sac à dos. Il attrape deux piolets qu'il fixe au sac. Sans poser de question, il imite Adrian, s'habille et s'extirpe de l'auvent. Adrian saisit le curseur de la fermeture et remonte la glissière jusqu'en haut. Il passe devant lui et visse son bonnet sur sa tête. Il en sort un autre de sa poche et le lui tend.

— Allons-y, gamin ! J'ai besoin de la montagne.
— Je te suis Adrian, répond-t-il doucement en mettant son bonnet.

Il emboîte le pas sûr et rapide d'Adrian. Avec cette nébulosité, la visibilité est presque nulle. Le point de repère des deux marcheurs tient dans le bruit du bouillonnement du torrent qui les accompagne. Ils le longent pendant un court moment puis Adrian bifurque complètement sur la droite. Il ne s'attarde pas dans le quartier résidentiel endormi et presque étouffé par le brouillard. Il ralentit légèrement le pas quand les deux hommes quittent la route pour un bon chemin qui fuit dans les bois et se transforme assez vite en un sentier escarpé. Adrian semble très à l'aise au début.

Adrian oblige Wiktor à forcer l'allure. Ils passent un premier ressaut rocheux et boisé surplombant une cascade qu'ils devinent au bruit clair de l'eau qui se brise infiniment sur les rochers. Après un autre palier, la trace se faufile entre les arbres et les racines et s'incline franchement. Wiktor regarde Adrian qui le précède d'une dizaine de pas. À intervalles réguliers, Adrian s'arrête et s'appuie contre le tronc d'un arbre. Il vomit à plusieurs reprises. Dès que Wiktor s'approche de lui, il le stoppe d'un geste de

la main pour lui signifier qu'il ne veut pas de son aide.
Wiktor n'insiste pas et s'éloigne.

Le brouillard s'effiloche et se désagrège progressivement. À la sortie du bois épais, le chemin débouche sur un vaste alpage aux herbes grasses sur lequel s'ennuient quelques chalets abandonnés. Wiktor, le blouson trempé, regarde les volutes de brume qui s'évacuent vers le ciel. Il découvre, étonné et impressionné, les hautes montagnes qui l'entourent. Adrian l'attend et lui pose une main sur l'épaule.

> — Devant toi, tu vois l'aiguille de Varan et puis, juste à côté, c'est l'Aiguille Rouge et après c'est la Tête du Colonney. C'est vers là-bas qu'on va.
> — C'est superbe. Vraiment. Je me sens réellement tout petit.
> — Mais pour le moment, on va manger au refuge du Véran ! Il n'y a personne en ce moment. On y sera très bien. Allez gamin ! La journée va être longue. Ne traînons pas.
> — Tu... tu vas bien, Adrian ?
> — Oui ! Je vais bien ! Ne t'en fais pas ! Je digère très mal les coups tordus et... l'alcool que j'ai pris pendant des mois. Ça va aller gamin ! J'ai de la ressource. Allons-y !

Le soleil timide et froid est de retour au moment où ils grimpent sur un autre alpage. Ils longent ensuite une barrière rocheuse au doux nom de « *Rochers des Pendues* ». Sur un chemin enherbé, ils passent devant un chalet isolé et bien entretenu puis rattrapent une belle piste. Elle borde la corniche sur une bonne taille puis s'élève doucement jusqu'à transpercer une faille. Wiktor aperçoit, en contrebas, une succession de bruyantes cascades. Sur les sommets proches, la neige s'attarde encore un peu. Ils avancent d'un bon pas.

Adrian semble aller mieux. Après la brèche que la piste traverse, Wiktor découvre un cirque naturel de toute beauté. Des montagnes descendent des langues de neige qui se rassemblent pour former un torrent impatient. Wiktor inspire profondément et s'octroie une pause contemplative. Pendant ce temps, Adrian continue de progresser sans se retourner. Le chemin coupe une vaste clairière. Les deux marcheurs sont en vue du refuge. Adrian ralentit le pas pour l'attendre.

> — On y est Hugo. Allez ! Encore un effort, et, à nous, la bonne soupe.

Adrian respire bruyamment et repart à grands pas vers le vieux chalet. Wiktor prolonge un peu l'arrêt. Il a besoin de récupérer. Ses jambes n'ont pas l'habitude de tant d'activité et le souffle lui manque. Il se retourne et aperçoit sur ce balcon, enherbé et mouillé, un tableau magnifique pareil à celui des couvercles de boîtes de chocolat qu'il aimait regarder lorsqu'il était enfant. Il peut sentir la montagne et l'air frais qui caresse la neige des sommets et descend jusqu'à lui. Face à lui, les montagnes des Aravis et la cime de la Pointe Percée. Il étend son bras comme pour les toucher. Puis avec un doigt tendu, il dessine le contour des pics. Derrière lui, Adrian est presque parvenu au refuge. Il remet son sac sur son dos et se hâte vers le gîte.

Quand il arrive, Adrian s'affaire déjà à charger le poêle de bois. Les bûches, parfaitement calibrées, sont alignées et rangées sur l'un des pignons de l'abri. La lumière du soleil entre dans la grande salle. Elle inonde la pièce d'une lueur chaude et tamisée par le bois clair qui compose la charpente et recouvre les murs. Il accroche son sac à côté de celui d'Adrian. Il attrape son bonnet et le pose sur la table.

Il se débarrasse de son blouson puis fait le tour de l'abri. Pendant ce temps, Adrian sort de son sac un grand bocal de soupe et saisit une grosse casserole. Il verse le contenu du pot dedans et met le tout à chauffer sur le dessus du foyer. Il s'installe à l'extérieur. Il s'assoit face à la vallée et s'adosse contre un muret de pierre. Il ferme les yeux, repose ses jambes et laisse le soleil lui caresser le visage.

— Hugo ! C'est prêt. La soupe est chaude, crie Adrian.
— J'arrive... je... je viens tout de suite, répond-il.

Adrian a complété l'épais potage avec un morceau de lard fumé et une boîte de haricots blancs. Une douce chaleur a remplacé l'humidité du chalet inoccupé et une bonne odeur de soupe chaude flotte dans la grande salle. Wiktor récupère deux bols et deux cuillères qu'il pose sur la table en bois massif. Le plateau est tailladé et maladroitement gravé de dizaine de prénoms. Il s'amuse à les lire à haute voix.

— Gérard, Lise, Martine, Jean, Pierre, Kurt, Ann.
— Tu n'as pas fini si tu veux tous les lire. Il y en a partout ici. Même, dans les toilettes situées dehors, indique Adrian en haussant les épaules. Allez, gamin ! Goûte-moi un peu cette soupe. Tu dois reprendre des forces pour ton premier contact avec le rocher de cet après-midi.
— Ah ? On va faire quoi ?

— À ton avis ? Tu n'es pas là pour te rouler dans l'herbe. Si tu envisages de tutoyer des pics et des sommets, tu dois d'abord te familiariser avec la montagne. C'est sauvage ici ! Si tu veux l'apprivoiser un peu, il faut l'approcher en douceur et la respecter. Lire les signes... traduire les signes. Tu vois ! C'est ce que je n'ai pas réussi à faire avec cet abruti de Benjamin Descombes.
— Adrian ? Tu vas faire quoi ?
— Rien ! Rien du tout ! C'est couru d'avance. J'ai été condamné par la justice et par les guides. Les mêmes qui m'admiraient avant le drame. Je suis bien le coupable aux yeux de tous, assure Adrian.
— Mais il a tué deux hommes ! C'est lui le meurtrier ! Il doit payer. Tu as des preuves maintenant, insiste-t-il.
— À quoi bon ? Ils ne vont pas remonter de sitôt de cette tombe de glace. Même avec ces preuves, ils ne me croiront pas. Je ne suis pas d'ici. Je ne suis pas né ici. Jamais plus les guides ne m'accepteront.
— Mais... mais Adrian. Ça vaut le coup d'essayer. Tu ne crois pas ?
— Je ne crois pas. Non, je ne crois pas. C'est trop tard. Bien trop tard. Pourquoi Julie n'a-t-elle rien fait ? Elle a eu peur. C'est ça. C'est sûr. Ce monstre de Benjamin doit l'obliger à se taire d'une manière ou d'une autre.
— Adrian. Elle m'a donné tous ces documents pour toi. Je pense que tu dois en faire quelque chose, enchaîne-t-il.
— Tu crois ? Peut-être oui. En tout cas, ils m'ont ouvert les yeux et libéré de cette spirale infernale dans laquelle je me laissais glisser doucement.

Maintenant, je dois éliminer toute cette crasse et tout cet alcool de mon corps. La montagne va m'aider. Mangeons, gamin! Ça va être froid, tranche Adrian en levant sa cuillère.

Il regarde Adrian qui plonge sa cuillère dans son bol. Il est heureux de le voir comme ça. En savourant à son tour la soupe tiédie, il se demande quand et comment il va annoncer à Adrian qui il est vraiment. Il plisse légèrement la bouche puis se met à manger. Adrian a tout prévu. Il termine son écuelle et découpe un morceau de lard qu'il pique avec son couteau et qu'il dispose délicatement sur sa langue. Il le regarde et sourit. Il attrape son sac et en tire un beau bout de pain de seigle et un linge avec deux fromages secs. Il en dépose un devant lui sur une large tranche de pain.

Le repas achevé, Adrian fait place nette et Wiktor s'occupe de la vaisselle au point d'eau situé à l'extérieur du refuge. Adrian s'installe à la table extérieure. Il s'allume une cigarette. Il écarte les cheveux de sa figure, les coiffe vers l'arrière et les attache avec un élastique. Il est calme et serein. Il contemple, songeur, le bonnet de neige qui couvre la Pointe Percée.

Wiktor s'assoit à son tour. Il se pose sur le banc devant le chalet. Il admire Adrian et son front dégagé. Il retrouve les traits du visage d'Aniela. Il possède des formes identiques. Le regard surtout. Ils ont tous les deux les iris de cette rare couleur claire. Il a les mêmes et discrètes ridules qui partent du coin des yeux et s'estompent vers le bord du visage. Le grain de beauté délicatement fixé à la base de sa narine droite est légèrement plus marqué que celui d'Aniela. Comme elle, il se tord la bouche quand il est contrarié. Wiktor retrouve chez Adrian, la belle chevelure et les sourcils bien prononcés et en forme d'accent. Adrian termine sa cigarette et croise son regard vague. Il se demande quand et comment il va dire la vérité à son frère.

Adrian se lève puis rentre dans la grande salle. Il range son sac. Il attrape deux paires de crampons et une corde qu'il accroche à l'extérieur. Il fait un signe de tête à Wiktor pour qu'il ramasse son paquetage. Il s'exécute. Ils enfilent leurs blousons. Adrian referme le gîte et prend directement le sentier escarpé qui passe sous le bâtiment et part tout droit en direction de la muraille. Un épais rebord de neige la couvre par endroit. Wiktor a du mal à suivre. Il lui faut plusieurs minutes pour oublier ses douleurs aux jambes. Ils approchent très vite du pied de la falaise. Wiktor cherche le chemin.

La paroi lui paraît infranchissable. Il hâte le pas pour se caler juste derrière Adrian. Il est moyennement rassuré. Il se souvient des deux monts jumeaux qui brisaient la plaine de Loos-En-Gohelle. Il se souvient des lancées de cartables du haut des terrils et des concours de descentes qui se terminaient toujours par des genoux écorchés et des pantalons déchirés. Sur un replat, Adrian s'arrête et pose son sac au sol. Wiktor, perdu dans ses réminiscences d'enfance, se cogne violemment contre Adrian. Ce dernier lui jette un œil amusé.

— Eh gamin ! Regarde où tu vas ! C'est la montagne ici. Fais bien attention à tout et concentre-toi. Tu vois là-haut ?

Il montre du doigt un passage presque imperceptible qui se faufile entre les blocs de rochers. Wiktor acquiesce d'un mouvement de tête, mais il ne saisit pas du tout où ils vont bien pouvoir se frayer un chemin dans cet amas de pierres. Adrian défait la corde du sac.

— Hugo ! Première leçon et premiers nœuds. À cet endroit, on n'a pas besoin de corde, mais pour s'initier c'est très bien. Tu es prêt ?

Wiktor est toujours essoufflé et bouge doucement la tête pour répondre à Adrian qui prend la corde entre ses deux mains et lui présente les nœuds d'encordement. Le nœud de huit et le nœud de chaise qu'il refait plusieurs fois. Il a du mal à suivre. Adrian lui colle la corde entre les doigts et le regarde faire. Il sourit. Il grimace.

Il démêle la corde puis il recommence. Il montre encore et encore à son frère comment faire « *danser* » la corde. Adrian chantonne : « *On fait un arbre. On fait un puits. Le serpent sort du puits. Le serpent tourne autour de l'arbre et rentre dans le puits* ». Il répète la comptine plusieurs fois et il réussit son premier nœud de chaise. Il tire de son sac deux baudriers comme le ferait le magicien de son chapeau. Adrian enfile le sien et lui indique comment le placer et le serrer suffisamment. Il passe la boucle du nœud dans le mousqueton du harnais de son compagnon de cordée et repli avec dextérité le reste de corde. Il endosse son sac et pose le surplus de corde par-dessus son épaule. Il laisse une longueur libre entre Wiktor et lui puis il se met devant et poursuit l'ascension abrupte et rocailleuse. Wiktor est obligé de le suivre. Ils sont maintenant reliés l'un à l'autre.

La trace s'élève franchement et devient très pentue. Wiktor lève les yeux pour tenter de repérer le passage. Adrian, situé à quelques mètres plus avant, monte vers une cheminée étroite aux marches très hautes. Wiktor resserre les lanières de son sac et pose les mains sur la roche froide pour s'y hisser. Avec Adrian au bout de la corde, il se sent en sécurité. Il n'a pas le temps de regarder en bas ou derrière lui.

Le soleil est bien levé et réchauffe les pierres et les corps. La brume a complètement disparu et quelques nuages d'altitude se baignent dans le ciel d'azur. Les névés abrités sont de plus en plus nombreux et craquent sous les pieds. Wiktor laisse passer sur son visage la douce chaleur qui se dégage des blocs de roche. Il sent de temps à autre la corde se raidir. Il est parfaitement bien et prend du plaisir à se glisser dans cet étroit goulet. Au passage de la vire, Adrian marque une pause et montre l'objectif à Adrian. Il enfile ses lunettes de glaciers et fouille dans une des poches de son sac. Il en sort une autre paire qu'il tend à Wiktor.

> — Mets-les, Hugo. Sinon tu vas te brûler les yeux. Il y a encore pas mal de neige ici. De toute manière, il faut t'y habituer, précise Adrian.
> — Tu as toujours tout en double dans ton sac ? ironise Wiktor avec le souffle coupé.
> — Toujours ! Mon gars ! Tu ne sais pas combien de personnes s'aventurent en montagne comme on va en promenade.
> — Des gars comme moi ?
> — Exactement gamin ! Comme toi. Je plaisante, Hugo. Allez ! Encore une bonne montée et tu auras ta deuxième leçon. L'utilisation des crampons. Prends ta gourde, bois un coup et l'on y va. On n'est pas en avance, précise Adrian.
> — D'accord Adrian. De toute façon, je te suis, affirme-t-il en attrapant sa bouteille.

La trace est invisible pour lui, mais il est toujours accroché à Adrian et il se laisse guider. La pente est maintenant un peu moins raide et il peut souffler légèrement. La pause est de courte durée, car il faut marcher de plus en plus sur la neige et la glace. Adrian lui prodigue des conseils techniques pour moins se fatiguer et progresser plus vite. Après une bonne demi-heure d'effort, ils se retrouvent au milieu d'un vallon enneigé et percé de part en part par des blocs saillants. Adrian avance jusqu'à une bordure rocheuse, défait son sac et libère Wiktor.

Il détache les deux paires de crampons. En les fixant à ses chaussures, il montre à Wiktor comment procéder. Adrian serre les sangles et le regarde enfiler les crampons. Il réussit l'épreuve sans problème. Il n'est pas très à l'aise, mais Adrian lui indique comment bien les utiliser. Il perd un peu l'attention de Wiktor quand il se lance dans un monologue passionné sur les différents modèles qui existent et sur ceux qui sont les mieux adaptés. Wiktor retient juste qu'il devra changer de chaussure pour espérer gravir, un jour, les Grandes-Jorasses.

Adrian prend les devants de la cordée et lui conseille la bonne technique pour progresser correctement et sans trop se fatiguer avec des crampons. Ici, le terrain est facile et pas trop pentu même si Adrian montre un malin plaisir à emprunter les passages les plus raides. À plusieurs reprises, il glisse. Il se retrouve le menton contre la neige durcie. Il se fait sévèrement rappeler à l'ordre par Adrian.

Au bout d'un effort interminable pour Wiktor, ils se hissent au sommet de la Tête du Colonney. Wiktor, fatigué, savoure l'instant et le spectacle sans cesse renouvelé des montagnes aux crêtes blanchies et dont la robe vert et brun se déplie vers la vallée. Adrian semble inquiet. Il teste la neige dure avec son piolet. Il décide de ne pas s'attarder, car le manteau est instable. Il vérifie la corde et le baudrier de Wiktor et prend une trace légèrement en contrebas de la cime.

Ils progressent rapidement. Wiktor s'émerveille de tout ce qui l'entoure et parle sans s'arrêter de cette image de la boîte de chocolats qu'il porte toujours avec lui. Adrian sourit. Peu après, ils quittent le sommet et se laissent glisser sur un plateau, faiblement descendant et couvert de glace, que le vent s'est régalé à sculpter. Quelques pointes rocheuses apparaissent dans ce champ blanc et désertique.

Un minuscule chalet leur permet de réaliser une bonne pause et de soulager les pieds de Wiktor. Adrian trouve encore dans les profondeurs de son sac de quoi réconforter son frère. Pain d'épices, fruits secs et thé froid. Wiktor ne se fait pas prier et se jette sur les victuailles. Il ne prend même pas le temps de se débarrasser de ses crampons. C'est Adrian qui s'en charge. Il range soigneusement le matériel et replie la corde. Wiktor garde son baudrier. Quand il commence tout juste à récupérer, Adrian donne le signal du départ.

> — Hugo. L'après-midi est bien avancée et l'on a encore un bon bout de chemin à faire. Il faut y aller.
> — Combien de temps Adrian ?
> — Ne t'en fais pas gamin. On devrait arriver à la nuit, précise Adrian.
> — Ah ? Oui. Quand même. Je ne sais... se demande-t-il ?
> — Tu vas y arriver ! C'est sûr. Allez ! Courage.

Adrian remet la barre de bois qui entrave la porte de l'abri et prend un sentier empierré sur lequel subsistent quelques épaisses plaques de neige. Le chemin relativement plat suit en serpentant des alignements de cairns. Wiktor ne dit plus rien. De longues minutes passent jusqu'à ce qu'ils franchissent un col. Une brèche étroite qu'un dieu en colère a ouverte d'un coup de lame. Wiktor découvre enfin la vallée sur laquelle le soleil déclinant s'attarde un peu. Il faut encore un interminable moment avant qu'ils ne gagnent la forêt. Avant ça, ils traversent un immense pierrier qui n'en finit pas. Wiktor devient mutique ou ronchonne à demi-mot.

> — « *Il tient dans sa main les profondeurs de la terre* ».
> — Qu'est-ce que tu dis Hugo ?
> — Rien. Rien. « *Et les sommets des montagnes sont à lui.* », reprend-il à voix basse.
> — Comment ? Que dis-tu ?
> — « *Et les sommets... et les sommets...* » souffle-t-il.
> — Je t'entends Hugo, tu sais. Tu parles de montagnes ?
> — Oui. C'est ça. C'est bien ça, dit-il.
> — Allez gamin ! Dis-moi à quoi tu penses et ça ira beaucoup mieux, tu verras.
> — « *Il tient dans sa main les profondeurs de la terre, Et les sommets des montagnes sont à lui* ». C'est cette phrase que je me répète en boucle depuis tout à l'heure.
> — Tu... tu... viens bien de prononcer cette phrase. J'ai bien entendu ? Je ne rêve pas ? demande Adrian.
> — Oui. Oui. C'est ça. C'est bien ça, répond-il.

Adrian s'arrête net et devient blême. Il se plante devant lui. Il lui attrape les épaules et le regarde droit dans les yeux sans dire un mot. Son visage se couvre du masque de l'effroi.

— Que... comment connais-tu cette phrase ? s'inquiète-t-il.
— Eh bien... Je... je ne m'en souviens pas vraiment. Elle m'est venue comme ça... je crois... oui, je sais. Ma mère la prononçait souvent. Oui. C'est ça. Très souvent.
— Et... et tu viens d'où déjà ? demande-t-il.
— Je... je viens de loin, reprend Wiktor.
— Tu ne réponds pas à la question, gamin ! D'où viens-tu ? s'énerve Adrian.
— Pas loin de Paris, avoue-t-il.
— Mais encore ? Dis-moi tout, relance Adrian.
— Vers le nord en fait. Près de... à Lens, précise Wiktor.
— C'est pas plutôt vers un patelin avec deux montagnes jumelles ? Hein ? interroge Adrian en haussant la voix.
— Heu... oui.
— Loos-En-Gohelle peut-être ? Non ?
— Tu connais ?
— Tu te moques de moi !
— Non... non... je voulais... je veux... bafouille Wiktor.
— Ne dis plus rien ! Il va faire nuit et il faut se hâter... Wik.

Wiktor n'ose plus regarder son frère en face. Il baisse les yeux. Adrian lui lâche les épaules. Il se retourne et reprend la marche. Il dévale le sentier dans le bois de sapins, laissant Wiktor loin derrière. Il est obligé de courir pour tenter de rattraper Adrian. Il souffle et transpire. Il s'en veut de ne pas avoir dit la vérité à son frère.

Avec le jour qui baisse, la lumière peine à se frayer un chemin dans la forêt épaisse. Il est à bout de force, avec les pieds meurtris, il ne peut pas suivre Adrian. Il marche. Il est seul. Chaque foulée est une torture. Il est pris d'une crise d'angoisse. Il sursaute au moindre bruit dans les arbres ou dans les fourrés. Il se retourne dès qu'il croit entendre des pas derrière lui. Il est en nage. Les bretelles de son sac à dos lui lacèrent le creux des épaules. Il veut appeler Adrian, mais aucun son ne sort de sa bouche sèche. Il ne marche plus. Il titube. Ses jambes ne le portent plus. Il trébuche sur une racine et s'écroule dans les fougères.

Il tient fermement la main d'Alice. Leurs doigts sont emmêlés. Ils courent sur la plage d'Hardelot. Ils sont faces au vent. Leurs cheveux se décoiffent. Ils se jouent du mouvement des vagues épuisées qui s'alanguissent sur le sable. Le ciel bas et gris se baigne dans la mer qui bouillonne. Au loin, des chevaux sauvages se battent contre les dunes. Il laisse son cœur s'emballer et cogner sa poitrine. Il plonge dans les yeux d'Alice que la mer et le ciel emplissent d'un gris argenté. Il attire Alice contre lui et la serre très fort. Maintenant, ils virevoltent dans la tempête. Ils tournent. Ils tournent. Puis ils tombent sur le sable et, enlacés, ils se mettent à rouler. Ils s'embrassent avec fougue. La musique des vagues s'accorde à celle du vent et porte au loin les rêves des amants. « *metti gli occhi tuoi dentro ai miei, dépose tes yeux dans les miens* ».

— Wik ? Wik, tu m'entends ?
— ... Alice... Alice...

— Wiktor ? C'est moi. C'est Adrian. Gamin ! Réveille-toi. Tu m'entends ?

— Je... Oui. Je t'entends, Adrian. Je rêvais, j'imagine, dit-il à voix basse.

— Tiens, Wiktor. Prends un peu d'eau et mange ça.

— Merci Adrian. Je pensais que tu m'avais laissé seul. J'ai eu peur, je crois, avoue Wiktor en avalant une gorgée d'eau.

— Te laisser ? Non. Je ne crois pas ! Tu es mon petit frère. Mais... oui. J'étais en colère.

— Je... je ne voulais pas Adrian. Je ne savais pas comment te le dire. J'avais peur, Adrian. Peur de notre rencontre. Il y a encore quelques semaines, je ne savais même pas que tu existais, précise Wiktor en ingérant un fruit sec.

— Ne t'en fais pas gamin. Je suis là. Tu as une montagne à gravir. Tu t'en souviens ? chuchote Adrian.

— Merci, Adrian, répond-il.

— Et tes parents ?

— Maman. Aniela est partie quand j'avais une dizaine d'années. Un cancer... Andrzej est mort à l'hôpital d'une cirrhose il y a quelque temps déjà. Avec Anna, on a...

— Oui. Anna ! Comment va-t-elle ? Je pense à elle souvent.

— Elle va bien.

— Il faudra que tu me parles de cette Alice. Hein, Wiktor, sourit Adrian.

Adrian le prend dans ses bras et le serre contre lui. Il lui caresse doucement la tête. Wiktor, submergé par la fatigue et l'émotion, ne peut pas retenir ses larmes. Il sanglote. Une langueur l'envahit. Il soupire profondément. Son visage retrouve peu à peu des couleurs. Dans les bras

de son frère, il se sent bien. Il veut rester là encore un moment.

Il marche lentement et s'appuie de temps en temps
sur Adrian pour rentrer au mobilhome. Il est soulagé
quand il aperçoit, au travers des lourdes branches de sapins, les lumières de la ville. Le bruit du torrent est tout
proche. Ils prennent le petit chemin qui longe le cours
d'eau jusqu'au camping. La fraîcheur de la nuit s'est installée. Le terrain est désert. Adrian débarrasse Wiktor de
son sac. Il ouvre l'auvent et la caravane. Wiktor enlève ses
chaussures et son blouson puis il passe dans son espace
de nuit qu'un simple rideau sépare du reste du vieux mobilhome. Il se glisse dans son duvet et s'endort directement.

L'enfance

Vers la fin du printemps, Adrian et Wiktor donnent encore un coup de main au gérant du camping pour préparer la saison d'été qui va débuter et gagner un peu d'argent. Ils prêtent aussi leurs bras au maraîcher, installé un peu plus haut dans la vallée. Déjà, le terrain accueille de nouveaux pensionnaires. Le lieu s'anime à peine. Wiktor « *bichonne* » la voiture de Luigi Peloso.

Malgré les routes sinueuses du massif, elle permet à Wiktor et Adrian de se déplacer à très petite vitesse. Ils enchaînent les sorties en montagne. Avec les journées que le soleil étire, ils en profitent pour marcher plus longtemps et aller plus haut. Wiktor s'aguerrit et commence à lire tous les « signes » avec l'aide de son frère. Il n'est pas encore très à l'aise avec les nœuds d'escalade, mais il progresse de jour en jour. Lors de leurs sorties en altitude, ils ne parlent que de la montagne. Adrian ne boit plus. Il prend soin de lui et retrouve un peu de sa bonne humeur. Il commence à évoquer l'ascension et sa préparation. Wiktor ne se lasse pas de regarder les cartes et, dès qu'il est au milieu du massif, son grand jeu est d'essayer de reconnaître les sommets. Adrian le félicite souvent et le corrige parfois.

Un jour de haute montagne dans la chaîne du Mont-Blanc du côté de l'Aiguille du Tricot, ils croisent une autre cordée. Le soir venu, ils retrouvent l'accompagnateur et les quatre alpinistes au refuge de Plan Glacier. Adrian et le guide se dévisagent, mais ne se parlent pas et s'ignorent complètement. Wiktor et Adrian profitent des derniers rayons de soleil assis à l'une des tables extérieures du gîte. Une belle lumière jaune orangé, que filtrent des nuages attardés, éclaire encore le flanc de la montagne sur laquelle s'accroche la bâtisse de pierres et de bois.

— Adrian ?
— Oui, Wik.
— Tu ne m'as jamais dit ce que tu voulais faire des documents. Tu sais… ?
— *La vengeance est plus douce que le miel* » disait Homère.
— Tu veux dire quoi, Adrian ?
— Un jour viendra. Tu verras Wik. Un jour viendra.
— Mais là. Tu le connais ce guide. Non ? Tu ne veux pas lui parler ?
— À quoi bon, Wiktor ? Je suis un condamné. Je ne suis plus des leurs. Et… il ne me parle pas non plus.
— Et Julie ? Tu ne veux pas l'appeler ou aller la voir ?
— Mouais… pourquoi pas ? Je connais un délicieux restaurant. On pourrait y aller ensemble ?
— Adrian ! Vas-y tout seul. Vous étiez proche.
— Elle m'a complètement oublié. J'en suis sûr.
— Tu es voyant maintenant ?
— D'accord. Je vais l'appeler quand on sera en bas. Mais d'abord, Wik, c'est l'heure de la révision des nœuds. Allez ! Prends ce bout et entraîne-toi. Foutu, gamin, va !
— Tu vas voir ce que tu vas voir.

La nuit les pousse dans la chambrée du refuge. Ils s'installent sur les couchettes étroites pour dormir. Adrian prend toutes les précautions pour ne pas croiser le guide qui en fait de même. Avant le lever du soleil, ils se glissent hors du gîte et entament l'ascension. Le temps est clair et le drap céleste scintille de mille lumières. Ils vont jusqu'à l'aiguille de Bionnassay. Wiktor est tout excité, car il va bivouaquer en altitude pour la première fois.

Cette fois, il passe devant, mais il écoute et suit à la lettre les conseils d'Adrian. L'aîné des Maciej serre la sangle du casque de Wiktor. Il voudrait tant qu'Alice voie ça. Sur une arête rocheuse, il est bien calé entre deux gros blocs. Il prend le temps de faire quelques photos avec son téléphone portable. Le flash de l'appareil électronique déchire la nuit qui s'achève. Dans ce dédale de roches et de glaces, ils progressent assez vite. Par endroit, le rocher est très mauvais. Adrian s'empare de la tête de la cordée et raccourcit la longe. Le moindre faux pas ici serait fatal. Wiktor peut toucher les étoiles qui s'effacent pourtant une à une au soleil levant. Il sait qu'un passage difficile approche lorsqu'Adrian tire deux petits coups secs sur la corde. Sur l'arête étroite, d'énormes blocs barrent le chemin.

Wiktor progresse doucement et contourne les monolithes de rocher comme il peut. Il lutte contre cette sensation de vide qui monte en lui parfois. Un léger fourmillement des jambes qui se diffuse dans tout son corps et arrive jusqu'au cœur. Il se colle contre la paroi froide. Il peut sentir l'odeur de la pierre. Dans le matin frais, son souffle rebondit sur la roche puis explose en plusieurs éphémères volutes de buée. Il se demande comment ce chaos minéral ne s'effondre pas au premier vent comme un château de cartes. Ces « *gendarmes* » de pierre qu'il frôle et évite soigneusement gardent la montagne pour l'éternité.

Adrian veille. Il indique à son frère les passages de rocher complètement pourri. À cet emplacement, la progression est lente. Le soleil inonde entièrement l'endroit. Aucun nuage ne s'aventure dans le ciel bleu azur. Même le vent s'est dérobé. Ils s'octroient une pause bienvenue au niveau de la brèche de Chapelland. La neige la couvre de part en part et sur une bonne hauteur. L'Aiguille du Tricot est en vue juste au-dessus des deux frères. Ils atteignent l'objectif en début d'après-midi. La progression est plus facile, mais les crampons sont obligatoires dans les pentes abruptes. Wiktor est fou de joie en arrivant au sommet.

Comme il est encore tôt et qu'il fait un temps splendide, Adrian lui propose de monter plus avant vers l'Aiguille de Bionnassay pour trouver le meilleur endroit pour bivouaquer. Légèrement à l'écart de l'arête principale, il déniche un coin presque plat entre des rochers pour son jeune frère. Lui s'installe juste à côté. Il creuse une baignoire dans la neige dure et y établit sa couche. Avec les bordures de pierres, Wiktor se sent à peine plus rassuré. Il déplie son matelas, attend qu'il se gonfle un peu et s'y allonge pour simuler sa position de sommeil. Adrian se moque de lui gentiment.

Wiktor prend plusieurs photos qu'il envoie immédiatement à Alice. Il s'adosse au rocher et étend ses jambes. Derrière ses lunettes de glacier, il admire la vallée de l'Arve. Ils partagent un peu de viande séchée et de fromage de brebis. Le reste de la journée est contemplative. Le silence se fait. Ils ont le monde à leurs pieds. Le visage enduit de crème, ils laissent les rayons brûlants caresser leur peau et emplir leur cœur. Au soleil déclinant, Wiktor referme son blouson et remet son tour de cou. Il pivote vers Adrian et demande calmement.

— Adrian ? te souviens-tu de tes... nos parents ?
On n'en a jamais parlé vraiment, je crois.

— Oui, Wiktor. Je sais. Il n'y a pas grand-chose à
dire en fait. Ils ne m'ont jamais aimé. C'est tout.
Et après tu es arrivé.

— Je...

— Quand j'étais tout petit, c'est plutôt Anna qui
s'occupait de moi. Aniela pleurait tout le temps.
C'est ce qu'Anna me disait. Elle me disait
qu'Aniela était très fatiguée et qu'elle devait se
reposer. Elle ne m'a jamais allaité, je crois. Je ne
me souviens pas trop, mais je ressens toujours
au fond de moi ce manque et j'ai sans cesse cette
image de moi dans un parc à bébé en bois coincé
dans un angle de la salle à manger. J'attendais
assis sur une couverture au milieu ou debout
accroché aux barreaux de bois.

— Mais...

— Anna venait prendre soin de moi. Il m'arrivait de
patienter dans mon enclos jusqu'au lendemain
qu'on me change et me nourrisse. Anna me trou-
vait-là. Elle s'occupait de moi. Je sortais rare-
ment. Aniela ne m'aimait pas. Non, elle ne m'aimait pas. Je... je suis son fils... son fils.

— Tu...

— Andrzej ! Mon... notre père. Lui. Il ne me regardait jamais. Je n'ai aucun souvenir de lui me
prenant dans ses bras. Plus tard. Oui ! Il s'est
bien occupé de moi. Coups et brimades en guise
de câlins quand il n'était pas trop saoul et tenait
encore debout. Un jour, il m'a cassé le bras. Je
m'en souviens. Je devais avoir cinq ou six ans.
C'était au mois d'août. Une chaleur suffocante
étouffait la cité minière. Andrzej avait passé
toute sa journée au « *Onze* » sous le ventilateur

gras et sale, qui peinait à tourner et à brasser l'air pesant de la grande salle. Il était rentré quand le jour baissait et que les derniers rayons de soleil fuyaient derrière les deux jumeaux de terre et les illuminaient comme des pyramides. Tu vois Wiktor ?

— Je... oui.

— Ce soir-là, j'étais à table avec Aniela. Les fenêtres étaient ouvertes des deux côtés pour faire circuler l'air chaud. Même la porte était béante. Maman avait allumé le récepteur radio et captait mal une émission en polonais. Il a passé le seuil d'entrée et a trébuché sur la dernière marche. Il s'est étalé de tout son long dans le vestibule. En se relevant difficilement, il s'est mis à brailler et à vociférer contre tout et tout le monde. Aniela fut sa première victime. Il la prise violemment par les épaules et il s'est empressé de la secouer pour rien. Je ne m'en souviens pas vraiment, mais, dans cet état, il criait contre la cuisine, les vêtements ou la maison d'Aniela. Ce dont je me rappelle bien, c'est quand il s'est tourné vers moi en hurlant, l'écume aux lèvres, les mots de « *petit bâtard* » en polonais : « *mały drań !* », « *mały drań !* »...

— Mais...

— À l'époque, je ne savais pas ce que ça voulait dire, mais à l'école j'ai vite compris... Pour en revenir à cette histoire de membre cassé. Il a fini par m'attraper par le bras d'une seule main pour me jeter au fond de la cuisine. En retombant contre le poêle à mazout, je me rappelle encore cette douleur insupportable qui m'a irradié tout l'avant-bras. Il s'était brisé comme du verre. Je suis resté prostré là pendant une éternité. Je hurlais en silence à m'en faire mal à la gorge. J'avalais mes larmes. Aniela s'était réfugié à l'étage. Elle s'enfermait et récitait un tas de psaumes en polonais ou en français. Tu te souviens de : « *il tient dans sa main les profondeurs de la terre...* ». Pendant ce temps, « *Le père* » s'était attablé et consommait tranquillement un plat de pommes de terre au lard. Bien plus tard, une voisine était passée et m'avait trouvé là. Andrzej cuvait dans un vieux fauteuil. Il était débraillé. De son tricot de peau dépassait un poitrail en sueur. Il avait la tête renversée sur le dossier et ronflait la bouche ouverte.

— Adrian.

— ... contrainte et forcée, Aniela avait appelé le médecin de la compagnie minière. Bien qu'il se fît tard, il s'était déplacé et il m'avait rafistolé le bras. Je l'aimais bien. Je le voyais souvent. Oui. Souvent. Regarde Wik ! On aperçoit encore des traces sur mon bras. Je ne pourrais pas oublier ça ! ... Le lendemain, on est allé au dispensaire pour soigner ce bras. J'étais tellement chétif qu'ils m'ont donné également des « *vitamines* ». Une infirmière passait plusieurs fois par semaine pour me faire une piqûre et vérifier le rétablissement de mon bras. Une enfance de rêve ! Hein, Wiktor.

— Je...

— À partir de ce jour, j'ai grandi seul. Bien trop vite en réalité. Je regrette de ne pas avoir apprécié l'école. J'aimais bien le français, l'histoire et les sciences. J'étais un cancre en mathématiques et en récitation. Le plus dur c'était sur la cour. J'y allais à reculons. Insultes et bousculades étaient mon quotidien. Les accrocs et les salissures étaient sanctionnés immédiatement à la maison. Les blessures, je les soignais moi-même. Parfois Anna, m'emmenait avec elle, et je devenais quelqu'un et un enfant presque heureux. Puis j'ai vite déserté l'école pour traîner et me battre sur les terrils avec d'autres bandes de gamins perdus. J'ai donné beaucoup de coups de poing. J'ai fini par entrer à la mine. La formation était rudimentaire. C'est la peur greffée au ventre que je descendais au fond du puits dans cet ascenseur-cage ou les mineurs s'entassaient pour gagner une misère. La sueur collée à la poussière noire. La poussière collée au fond des poumons. Je sens encore cette odeur de terre et de roche enfouie. Je sens encore l'air froid et humide qui me glaçait le sang et les os. Les gars se lavaient rapidement aux douches et finissaient de se perdre dans les bars. J'ai bien failli faire comme eux (*Adrian soupire profondément*)... À la maison, nous étions trois étrangers que d'invisibles et fragiles liens réunissaient. Et puis...

— Oui ? Adrian ? (*Wiktor regarde tendrement son frère, une larme au coin des yeux.*)

— ... et puis tu es arrivé. Je ne sais pas par quel miracle Aniela et Andrzej se sont unis. Mais, toujours est-il qu'à partir du moment où Aniela s'est retrouvée enceinte, tout a changé. La maison était plus apaisée. « *Le père* » se cachait au « *Onze* » pour boire à sa guise. Il évitait de revenir ivre à la maison. Aniela se rendait à l'église plusieurs fois par semaine. Je grandissais toujours seul, mais avec moins de coups et de vexations. Dès que je le pouvais, je sortais de la maison et je m'échappais de la cité pour rejoindre « *la bande* » dans un hangar désaffecté de la société

minière. On a fait quelques batailles rangées
avec ceux de Bully-Les-Mines. On semait la panique à Lens et l'on distribuait, pour rien, des
marrons et des châtaignes. Je connais bien le
commissariat de Lens. J'ai travaillé à la mine
jusqu'à sa fermeture. Avec Andrzej, on vivait
dans la même maison et l'on descendait dans le
même puits, mais on s'ignorait. On s'est pourtant battu côte à côte pour la sauvegarde de la
mine. Pour rien ! À quoi bon continuer à s'épui-
ser et à mourir doucement au fond d'un trou
pour enrichir une compagnie sans scrupule ? Je
crache encore de la poussière noire.
— Je... j'aimerais...
— Aniela avait le ventre qui s'arrondissait et elle
s'est découvert une passion pour le jardin et les
fleurs. Je voulais... j'ai tenté de lui parler, mais
je ne trouvais pas les mots. À la maison, je fai-
sais tout pour l'aider. Mais... rien. Elle ne me regardait pas. Je me réfugiais quelquefois chez
Anna. Elle a bien essayé de parler à Aniela. Elle
s'est alors mise dans une colère si violente
qu'elle a détruit deux parterres de ses fleurs pré-
férées. Elle n'a plus adressé la parole à Anna
pendant des semaines. Elle ne lisait qu'un seul
livre. La Bible. Elle récitait des passages par
cœur à ses fleurs. Son minuscule jardin était devenu une attraction locale.
— Oui, le jardin. Je l'adorais...
— Tu es arrivé un soir d'automne. Je m'en souviens
bien, car le ciel était lourd et couleur charbon.
Toute la journée, il avait fait une chaleur étouf-
fante. L'orage avait éclaté en fin d'après-midi. On
sentait les odeurs de goudron chaud et de cani-
veaux. L'« *autre* » était encore au bar à rebâtir le

monde. Il s'insurgeait contre tout. Il avait peur de tout et surtout de tous ceux qui n'étaient pas comme lui. Il répétait sans cesse : « *c'est à cause d'eux tout ça !* ». Il avait dans la bouche tous les mots et toute la haine que dégueulait le téléviseur accroché au-dessus du bar du « *Onze* ». Après la fermeture des grilles de la mine, Andrzej y a pris ses quartiers de jour...

— Tu te souviens...
— Comme si c'était hier. Aniela n'est pas restée longtemps à la maternité. Accompagnée par Anna, elle est revenue avec un couffin en osier dans lequel se tortillait un petit homme. Tu t'agitais de manière saccadée les bras et les jambes et puis tu fermais les poings en pliant tes bras près de ta tête. Ta minuscule bouche était toujours en mouvement... tu étais si fragile.
— Et cette photo ?
— Quelle photo, Wik ?

Wiktor descend le zip de son blouson et fourre sa main dans sa poche intérieure. Il sort un sachet plastique qu'il ouvre. Il attrape la vieille photo usée au pli marqué. D'un côté Adrian, et de l'autre Andrzej et Aniela avec Wiktor. Il tend le tirage abîmé à Adrian.

— Ah ! Oui. Cette photo. Je m'en souviens très bien. Je devine que ce n'est pas toi qui as fait cette pliure. N'est-ce pas, Wiktor ?
— Oui, Adrian. J'ai toujours vu cette photographie dans un cadre sur le buffet. Le jour du déménagement de la maison, il s'est brisé et j'ai découvert que l'image avait été délibérément pliée.
— Pourquoi Aniela ne l'a-t-elle pas... découpée ou déchirée ? Pourquoi n'a-t-elle pas jeté le

« *morceau en trop* » à la poubelle ? Je ne comprends pas. Non. Je ne comprends pas. C'est juste après que je suis parti. Il n'y avait rien qui me retenait là-bas. Je regrette juste de ne pas avoir pu prévenir Anna. Je pense souvent à elle, tu sais. Aniela, t'as donné tout cet amour qu'elle me refusait. C'est vrai que j'étais jaloux de vous voir tous les deux. J'ai senti que c'était le moment de libérer la place et de vivre ma vie sans eux. Un soir, j'ai préparé mes quelques affaires. Je suis parti tôt et sans faire de bruit. Juste avant de quitter cette maison, j'ai déposé trois figurines de cycliste en métal sur le buffet.

— C'est toi ? Maman me les a donnés quand j'étais plus âgé. Ils étaient couchés sur du coton dans une grande boîte d'allumettes. Un véritable trésor pour moi, à l'époque. Je les ai toujours. Papa et maman n'ont jamais tenté de te retrouver ?

— Non. Je n'existais pas pour eux. Je ne sais pas ce qui s'est passé ni pourquoi Aniela était comme ça avec moi. Mais je sais ce qu'est un « *bâtard* ». Andrzej me l'a bien fait comprendre. Il arrive qu'il vienne encore me hanter dans mes cauchemars. Quant à savoir qui était mon père...

— Anna le sait... je... je crois.

— Elle te l'a dit Wiktor ?

— Bien... c'est que...

— Elle te l'a dit ! C'est ça ?

Wiktor baisse la tête et se tourne vers la vallée. Il inspire à plein poumon et contemple la combe à ses pieds qui se charge de quelques nuages blancs et cotonneux. Il regarde Adrian.

— Oui Adrian, elle me l'a dit. Tu veux vraiment connaître la vérité ?

— Tu sais, Wiktor. Tu sais gamin ! Toi, tu es ma seule famille. Tu es mon frère. Mon petit frère. J'étais sûr qu'on se retrouverait un jour. Le reste n'existe pas. Je n'ai aucune idée de ce que sont une mère et un père. Ce lien-là s'est brisé il y a longtemps ou il n'a jamais existé. Tu sais que la corde d'escalade a une âme en son centre et que les fils qui tournent autour forment une gaine. L'âme porte les qualités de la corde et l'étui les protège. Notre famille a perdu son âme et ceux qui devaient naturellement le sauvegarder l'ont laissé pourrir. L'enveloppe s'est complètement effrangée. L'âme de notre famille repose désormais entre nous deux. Formons une gaine solide et forte autour d'elle. Tu veux ?

— Oui, Adrian. C'est d'accord. Ton père... ce n'est pas facile, tu sais. Je ne sais pas.

— Allez ! Ne t'en fais pas. Je suis aussi dur que la roche de ces montagnes.

— Je ne l'ai pas connu, mais est-ce que tu te souviens de l'oncle Igor ?

— Si je m'en souviens ? Oui, c'est sûr. Je l'avais surnommé « *le briseur* ». Dès qu'il était invité quelque part, il semait le désordre. C'était un désastre à lui tout seul. Il transpirait l'alcool et sentait le tabac froid et l'eau de toilette bon marché. Je me souviens qu'il adorait les jeunes filles et qu'il avait les mains baladeuses. Ignoble !

— C'est ça. C'est lui.

— Wiktor ? Tu veux dire... c'est lui mon père ? Ce porc !

— ... Oui, Adrian. Je suis désolé. Vraiment désolé.

— Ne t'en fais pas gamin ! Ne t'en fais pas Wiktor. Je suis libéré que tu me l'aies dit. Je savais déjà qu'Andrzej n'était pas mon père. Je resterai sur un père imaginaire et bienveillant. En attendant, je vais me soulager sur cet immonde personnage !

Adrian se lève de son lit de neige puis escalade deux gros rochers. Face au soleil couchant, il défait sa braguette et évacue d'un jet la vérité sur son père. Il revient vers lui avec le sourire. Les nuages couvrent la vallée presque entièrement. Le soleil s'approche de l'horizon, se consume et devient couleur de braise. Il dessine encore dans le ciel des traînées rouge orangé que la pénombre efface doucement pour laisser place à un tapis d'étoiles.

Wiktor est sans voix. Allongé sur son matelas, il cale sa tête sur son sac et laisse son esprit apaisé sauter d'un point lumineux à l'autre. Il est fatigué. Il n'a pas l'habitude de cette altitude. Il ne sent même pas Adrian le sécuriser en passant une corde dans son baudrier et solidement attachée au rocher. Ce soir, il n'y a pas de vent. La nuit s'enveloppe de froid et les étoiles brillent de mille feux dans un silence étourdissant.

La rencontre

Le camping des bords de l'Arve prend des airs de vacances. Le gérant troque son apparence bourrue et renfrognée pour un sourire jovial et accueillant. Les emplacements se remplissent par des touristes de passage ou des amoureux de la montagne venus profiter des beaux jours et de la région. Si Adrian donne un coup de main au propriétaire du terrain, Wiktor trouve un emploi précaire dans un garage à l'entrée de la ville. Ce n'est pas l'ambiance de celui de Luigi Peloso, mais il est heureux de remettre les mains dans les moteurs et l'huile de vidange.

Ils se retrouvent le soir et préparent minutieusement l'ascension des Grandes-Jorasses par la face nord. Adrian ne boit plus du tout. Il repense à l'accident quand son bras et sa main droite se mettent à trembler de temps à autre. Wiktor le pousse à consulter un médecin, mais Adrian ne veut pas en entendre parler. Tous les weekends et même quelquefois la semaine ils partent dans la montagne. Wiktor apprend vite et en redemande. Ils partagent avec Alice toutes les photos de ses exploits. Ils se manquent et leurs messages sont enflammés. Elle doit venir prochainement. Ils sont impatients.

Aujourd'hui, Adrian doit retrouver Julie dans un bar de Chamonix. Il est nerveux. Ils ne se sont pas revus depuis la fin du procès. Elle continue à travailler à la maison de guides. Adrian ne trouve pas comment s'habiller pour ce rendez-vous. Il hésite. Il change de tenue puis en définitive revient à son premier choix. Wiktor sourit et approuve la décision de son frère. Adrian a attaché ses cheveux longs. Son visage est dégagé et s'illumine de ses grands yeux clairs. Il s'est rasé pour l'occasion. Sa peau, nourrie au soleil des montagnes, est légèrement brunie.

Wiktor prépare la Fiat qui, malgré le climat rude de l'hiver, tourne à merveille. Il envoie même quelques clichés à Alice et Luigi Peloso. Il profite du déplacement en ville pour compléter le matériel d'alpinisme à partir d'une liste précise écrite de la main d'Adrian.

Ils sont en avance. Ils s'installent en terrasse et profitent du soleil et de la brise matinale qui souffle légèrement dans la vallée. Wiktor regarde alentour. À deux pas, au milieu de la place, la fontaine chante. Les montagnes aux têtes enneigées toisent, impassibles, la fourmilière qui s'active. Les câbles qui les entravent se tendent. Le ballet des téléphériques commence. Les cabines déverseront les consommateurs de reliefs venus piétiner l'un des derniers espaces dur et sauvage et prendre quelques autoportraits. Wiktor pense à la cité de son enfance et aux jumeaux nés des résidus miniers qu'ils gravissaient quand ils étaient plus jeunes. Il songe aux mineurs entassés dans les ascenseurs qui rejoignaient les profondeurs sombres des entrailles de la Terre.

Il sort de ses réflexions quand Julie arrive à la table. Elle porte une belle robe aux motifs fleuris qu'une large ceinture rouge vient froncer au niveau de ses hanches. Ses chaussures d'été, légèrement compensées, sont lacées avec une lanière claire. Elle arbore un sourire rayonnant qui irradie son visage limpide. Sa bouche bien dessinée est à peine teintée d'un rose soutenu. Elle a coupé ses cheveux. Ils sont maintenant détachés et frôlent ses épaules.

Adrian se lève d'un bond et tend sa main en direction de Julie. Il a pris un air sérieux, presque protocolaire. Elle se précipite vers lui, l'enserre dans ses bras et l'embrasse généreusement sur les deux joues. Lui, surpris et penaud, se retrouve les bras ballants. En attendant qu'il recouvre ses esprits, Wiktor fait la bise à Julie et l'invite à s'asseoir. Ils commandent.

Si Julie et Adrian ne se quittent pas des yeux, c'est Wiktor qui lance les sujets de discussion. Il sourit intérieurement. Il s'apprête à laisser Julie et Adrian à leurs rendez-vous quand, venu de nulle part, Benjamin Descombes surgit sur la terrasse. Il renverse deux chaises volontairement avant de se jeter sur Adrian. Le pauvre n'a pas le temps de comprendre ce qui arrive, qu'il se retrouve à terre avec sa chaise. Benjamin Descombes enfourche son adversaire en lui bloquant les bras et les mains avec ses genoux puis le roue de coups de poing au visage en hurlant.

— Tu n'as rien à faire ici ! Je t'avais dit de ne plus jamais revenir ! On ne veut pas de toi ici, sale « *polack* » !
— Arrête ! Mais arrête ! Tu es devenu fou ! supplie Julie.

Adrian est sonné. Il a les yeux hagards. Il a le visage tuméfié et de son nez coule un filet de sang. Benjamin Descombes s'apprête à donner un énième coup à Adrian. Il lève le bras et serre le poing quand Wiktor, debout derrière lui, attrape son poing et tord le bras de l'assaillant vers l'arrière. Il appuie de toutes ses forces. Il force Benjamin Descombes à se lever et lui passe son autre bras autour du cou. Grâce à sa clé de bras, il maîtrise l'agresseur de son frère. Julie est choquée et se porte près d'Adrian, complètement étourdi. Un attroupement s'est formé dans ce coin de la terrasse. La police, prévenue par le gérant du bar, arrive à son tour. Elle fait écarter les badauds et les curieux qui filmaient la scène.

Wiktor lâche sa prise et pousse Benjamin Descombes dans les bras des policiers. Il s'agenouille aux côtés de son frère qui reprend connaissance et lui saisit la main. Julie éponge le nez d'Adrian avec quelques mouchoirs. Les policiers empoignent Benjamin Descombes qui continue à se débattre et à injurier Adrian et les Polonais en général. Le plus gradé prend les dépositions de Julie, de Wiktor et de quelques témoins. Adrian se relève. Il est soutenu par Julie et Wiktor.

> — Wiktor. J'habite à deux pas d'ici. J'emmène Adrian pour qu'il récupère, propose Julie.
> — Oui. C'est bien. Je vous accompagne jusqu'à la porte, dit-il.
> — Je... je vais bien, balbutie Adrian.
> — Non. Tu ne vas pas bien, signifie Julie qui passe le bras d'Adrian autour de son cou. Allez. Allons-y.

Julie et Wiktor aident Adrian à marcher. Deux rues plus loin, ils sont devant la maison de Julie. Elle tourne la clé et pousse la porte. Elle récupère le bras d'Adrian et le traîne dans le vestibule.

> — Tu veux monter, Wiktor ? demande Julie.
> — Non. Non. Je vous laisse. J'ai quelques courses à faire. Je vous retrouve plus tard, indique-t-il.
> — Merci... merci vous deux, dit Adrian.
> — Wiktor ? Tiens, je te donne mon numéro. À tout à l'heure, précise Julie.

Wiktor est en colère en repensant à l'incident du bar. Il fouille dans sa poche et récupère la liste écrite avec Adrian. Il sait exactement où acheter le matériel. Il hâte le pas. « *Ça me changera les idées* », se dit-il. La matinée est bien avancée et le soleil généreux a poussé dans les rues une foule bigarrée de touristes et de passionnés de montagnes. Dans une étroite et ancienne boutique pleine à craquer d'équipement, il rencontre le commerçant ; un ami fidèle d'Adrian avec lequel ils ont fait de belles courses dans le massif. Sur une chevelure grise et courte, il porte, en guise de chapeau, une paire de lunette de soleil reliée à un cordon qui descend sur son cou en passant derrière ses oreilles. Il a le visage brun et bien rasé. Wiktor est choyé par ce revendeur aux grands yeux bleus et charmeurs. Il a toujours au bord des lèvres un bon mot prêt à bondir. En posant une belle corde sur le comptoir, il lui lance, fier et satisfait, un défi en lui demandant de réaliser quelques nœuds. Il accepte le jeu et pendant qu'il s'exécute, le marchand note scrupuleusement sur un petit carnet les références des articles achetés. Il s'en sort très bien même si le gérant trouve à redire sur son nœud de chaise. Il quitte la boutique avec deux sacs pleins et contaminé d'un grand sourire par le vendeur.

Il traîne encore un peu dans les rues de la ville, mais il se sent vite oppressé. Il cherche de l'air en regardant les sommets des montagnes qui l'entourent. Il dépose ses achats dans la voiture et retrouve Adrian chez Julie. Adrian semble avoir très bien récupéré. Il échange un sourire complice avec son frère. Elle est enjouée. Elle l'invite à s'asseoir dans le sofa. Il s'exécute. Face à une grande baie vitrée, il découvre un panorama splendide sur le Mont-Blanc. Autour d'un verre, ils décident de la suite à donner à l'incident du jour et au dossier que Julie avait fourni à Wiktor.

Adrian veut oublier tout ça. Julie et Wiktor souhaitent qu'Adrian retrouve son honneur et qu'il soit lavé de tout. Elle s'est déjà renseignée et elle connaît un bon avocat. Adrian boit les paroles de Julie et accepte la proposition à une condition ; il accompagne d'abord son frère au sommet des Grandes-Jorasses. Après ça, ils auront tout le temps de s'occuper de cette affaire. Julie et Wiktor donnent leur accord. Elle fait coulisser une partie de la baie et invite les deux hommes sur le balcon. Ils s'y installent et se laissent porter par la course du soleil au-dessus des montagnes. Elle passe sa main autour du cou d'Adrian et dépose un baiser furtif sur sa tempe. Bientôt, le va-et-vient des cabines cesse et le soir tombe.

La montagne

À l'entrée du tunnel, Wiktor, au volant de la vieille Fiat, retient son souffle. À côté de lui, Adrian paraît songeur. Il regarde, silencieux, par la vitre de la voiture. Les camions font trembler l'habitacle et dépassent en klaxonnant le « *tacot* » comme le surnomme Adrian. Il tient fermement le volant et reste complètement à droite de la chaussée ; à cheval sur la bande d'arrêt d'urgence. Il est crispé et scrute sans arrêt dans ses rétroviseurs. Il plisse le nez en respirant une odeur détestable de gaz d'échappement, de caoutchouc et d'humidité.

Adrian ne dit rien. Il regarde défiler les néons et les lumières blafardes qui jalonnent le tunnel. Wiktor se concentre sur sa conduite et progresse lentement au cœur de la montagne. Celle, sur laquelle il devra bientôt grimper. La banquette arrière est complètement occupée par les sacs et le matériel d'alpinisme. La traversée ne dure qu'une vingtaine de minutes, mais c'est une éternité pour Wiktor. Il ne respire presque pas. Il est soulagé et inspire un grand coup quand il aperçoit la sortie qui approche.

Dans la vallée italienne de Courmayeur, le temps est couvert. Il fait presque froid pour un mois d'août. Les nuages heurtent la montagne et encombrent tout le Val d'Aoste. La lumière du soleil peine à transpercer l'épais manteau de brume. Il voit juste un halo pâle qui diffuse une lueur crayeuse qui, sans éblouir, l'oblige à mettre ses lunettes de glacier. Ils s'arrêtent dans la station. Ils s'attablent dans un café. Wiktor prend quelques photographies des chalets avec son smartphone et les envoie directement à Luigi Peloso pour lui montrer qu'il est en Italie.

Adrian sourit et se détend. Depuis l'incident de Chamonix, il a passé beaucoup de temps chez Julie. Wiktor est heureux pour son frère. Lui pense à Alice. Elle est arrivée il y a quelques jours par le train. Ils occupent le mobilhome d'Adrian. Les amants sont restés plusieurs jours sans sortir ou juste pour prendre l'air et se ravitailler. Il est son « *jego piękna miłość* » ; son bel amour. Elle est « *il suo tenero amore* » ; son tendre amour. Il profite du soir pour s'allonger et s'enlacer dans l'herbe tapissée de rosée à regarder les étoiles filantes transpercer la nuit comme les traits d'une arbalète. Ils mangent peu. Ils font l'amour. Non loin de là, le torrent assagi chante des airs colorés.

Julie accueille volontiers Adrian chez elle depuis qu'Alice est arrivée. Dans ces bras généreux, Adrian a le cœur plein d'amour et le corps détendu. Il retrouve le sourire et oublie tout. Pour la première fois depuis très longtemps, il est apaisé et il se sent serein. Il rejoint Wiktor pour les entraînements et les courses en montagne. Ils s'absentent souvent plusieurs jours. Ils gravissent tous les sommets avec allant et bienveillance. Ils sont heureux.

Pendant ce temps-là, Julie et Alice passent des moments ensemble. Ils partent parfois tous les quatre pour des randonnées alentour. Même quand le temps se gâte et que la pluie les rattrape, ils continuent à marcher comme si les gouttes ne faisaient que glisser sur eux. Ils aiment se réfugier dans un chalet d'alpage. Autour du bivouac, Adrian, en guide expérimenté et attentif, leur apprend la montagne ; sa beauté et sa dureté ; sa sauvageté et sa douceur. Il leur montre comment rester vigilant et humble.

En fin d'après-midi, le soleil tente une ultime offensive et réussit à perforer l'épaisse couverture nuageuse. Des rais de lumière tombent au sol en rayons crépusculaires. Ils laissent la voiture du côté de Planpincieux. Ils vérifient et chargent les sacs. Wiktor ferme les portes et, comme à son habitude, cache la clé dans un recoin intérieur du pneu avant-gauche. Il attrape son sac, le jette sur ses épaules et rejoint son frère dans le chemin qui monte et serpente dans les sapins. La lumière inattendue de cette fin de journée décide quelques rapaces à s'élancer de la cime des arbres pour chasser quelques rongeurs aux abords de la rivière.

Wiktor marche lentement et accorde ses pas sur ceux de son frère. Tout est calme. Il lève la tête au seul bruit du claquement d'ailes des oiseaux de proie. Une odeur d'humus et de résine vient chatouiller les narines de Wiktor. Le chemin se transforme tout de suite en sentier et s'élève rapidement dans la pinède. Ils ne voulaient pas dormir en ville. Ils gagneront la cabane du bivouac demain.

Pour le moment, ils établissent leur camp sous un chalet en ruine que le temps n'en finit plus de consumer. Ils devraient être épargnés par la pluie cette nuit, mais, prudents, ils tendent une bâche au-dessous du vieux plancher qui les abrite. Les nuages coiffent les sommets. Wiktor aperçoit plus bas les lumières du péage de sortie du tunnel. Depuis qu'ils parcourent les montagnes ensemble, de petits rituels se sont installés et ils n'ont pas besoin de parler pour savoir quoi faire. Adrian consulte la météorologie. Wiktor prépare le dîner et s'entraîne à faire et refaire les nœuds sur l'une de ses cordes. Adrian sourit et demande à son frère de recommencer le nœud quand il juge que celui-ci n'est pas assez bien fait.

Le soleil, épuisé par les nuages, se retire rapidement et laisse la nuit se répandre. Avant de se glisser dans leur duvet sous cet abri de fortune, ils partagent un repas frugal composé d'une soupe, d'une belle tranche de jambon sec, d'un morceau de fromage et d'une portion de pain frais. Ils mangent en silence. Wiktor pense à Alice et à ses baisers. Adrian songe aux bras de Julie qui le ceignent. Un souffle d'air froid les pousse rapidement au fond du refuge improvisé. Ils se lovent dans les sacs de couchage. Wiktor remonte un bras à hauteur de sa tête et positionne la capuche de son anorak, puis, il en serre le cordon. La toile flotte et s'agite doucement dans le vent. Ils pensent déjà à demain.

Wiktor a pris la tête depuis le départ du bivouac. L'herbe de l'alpage a vite disparu. La rosée aussi. Des nuages bas dissimulent complètement les sommets. Ils se répandent partout dans les vallées. Ils restent immobiles. Wiktor et Adrian suivent une trace qui monte tout droit dans la montagne. Quelques cairns discrets marquent le chemin. Wiktor regarde en l'air. Adrian se tient quelques mètres derrière. Il concentre son attention devant lui et avance silencieusement. Les deux hommes n'ont pas beaucoup parlé depuis le réveil. Pendant qu'Adrian préparait le café et le petit déjeuner, il détachait et pliait la bâche. Ils étaient prêts au bout d'une demi-heure.

La pente se redresse nettement. Ils passent au-dessus du lit asséché d'un petit torrent. Bientôt, ils disparaîtront dans les nuages. Wiktor s'octroie une pause au pied d'un ressaut rocheux imposant. Il en profite pour avaler une bonne gorgée d'eau. Adrian le rattrape et prend les devants. Il se faufile avec légèreté et sérénité entre les blocs mouillés que la brume caresse. Un courant d'air frais enveloppe et saisit les deux grimpeurs. Wiktor assure ses prises sur la roche devenue glissante. Il suit de près Adrian, car la visibilité diminue fortement dans ce brouillard épais. Ils passent rapidement la saillie rocheuse et continue tout droit dans la pente.

Wiktor s'appuie sur son piolet pour monter plus facilement. Adrian, lui, marche comme sur un sentier plat. À mi-chemin du refuge des Grandes-Jorasses, la brume se dissipe progressivement pour laisser place à un soleil encore timide qui n'arrivera pas à les sécher totalement. Juste avant le glacier, Adrian lui demande de préparer la corde et de faire les nœuds pour la cordée. Une répétition avant l'ascension finale.

Il s'exécute et s'applique pour ne pas décevoir Adrian. Il profite de cet arrêt pour contempler le mont de Rochefort et la chaîne des Grandes-Jorasses. Son cœur s'impatiente. Il aperçoit le refuge solidement accroché à un rognon qui émerge du glacier comme la proue des navires qui déchirent les flots rugissants. Adrian valide son travail. Il peut prendre fièrement la tête de la cordée. Il est aux aguets et attentif à tout. Il tente de mettre en pratique les conseils d'Adrian qui l'observe en souriant.

D'un geste autoritaire, Adrian lui indique de gagner la moraine et de suivre le sentier en balcon. Il vient de tester la glace avec son piolet et de lire ses mouvements. Il enlève son gant et émiette un morceau entre ses doigts. Le glacier ne lui inspire pas confiance. La grosse corde qui permet l'accès au refuge en été est encore à moitié dans la neige dure et la glace. Il se hisse jusqu'au gîte, bientôt suivi par Adrian. L'abri est vide, mais Adrian sait tout de suite qu'un groupe est passé récemment. Wiktor défait la corde et s'installe sur le balcon à la rambarde de bois. Il pose ses affaires et s'assoit face à la vallée.

Les sommets sont derrière lui, mais la vue est imprenable depuis cet observatoire collé à la paroi, mais comme suspendu dans le vide. Adrian fait un tour d'inspection du refuge et invite Wiktor à contourner la bâtisse pour monter au-dessus et voir le sommet. Adrian lui décrit précisément le chemin qu'ils vont suivre. Wiktor descend un peu la fermeture de son blouson et fourre la main dans sa poche intérieure. Il sort le sachet plastique dans lequel il a soigneusement rangé l'image du couvercle de la boîte de chocolat de son enfance. Il tend le bras et superpose la photographie au paysage devant lui. Son cœur fait de petits bonds. Il inspire une grande bouffée d'air. Il y est arrivé.

Il pense à Aniela, à Anna et aux jumeaux de schistes sur lesquels ils grimpaient gamin. Il essaie de compter le nombre de fonds de culotte qu'il a abandonnés là-bas. Un jour de printemps, sa mère l'avait obligé à recoudre lui-même un accroc à son pantalon court. Elle l'avait laissé faire jusqu'au bout, mais la réparation fut un échec et Aniela reprit les choses en main. Il avait été puni et interdit de sortie pendant une semaine. Il avait passé sa peine assis sur la marche de la porte donnant sur le jardin à admirer sa mère en train de s'occuper de ses massifs et de ses fleurs. Il regardait l'image de montagne comme un trésor et avançait ses figurines cyclistes à coups de bille. La sanction levée, il est retourné directement sur les versants des terrils.

Il a fait des détours pour éviter le « *Onze* » dans lequel son père finissait ses journées. Après l'école, il a retrouvé la petite bande de la cité minière pour jouer à la guerre ou aux explorateurs. Il a veillé à ne pas abîmer ses vêtements même si parfois, il a descendu les pentes en glissant, assis sur son cartable. Quand il est revenu à la maison, Aniela l'attendait. Elle lui attrapait le bras et l'auscultait sous toutes les coutures en le faisant doucement tourner sur lui-même. Il retenait son souffle. Une fois l'inspection finie, il allait sagement se mettre autour de la grande table pour retrouver ses devoirs et les animaux sauvages qui habitaient la toile cirée. Aniela n'était pas dupe et haussait les épaules avant de le serrer tendrement contre sa poitrine.

Il recouvre ses esprits. Il regarde Adrian et repense à l'enfance qu'il n'a pas eue dans la même maison que lui. Il s'approche d'Adrian et le prend dans ses bras. Adrian est surpris et sourit. Il hésite puis pose ses mains sur ses épaules.

— Alors, gamin ! Le mal de l'altitude ?
— Heu... non. C'est que... je pensais à maman... à
   Gohelle... à la cité et aux jumeaux.
— Ha. Oui. Ça...
— Je ne voulais pas te faire de la peine.
— Ne t'inquiète pas Wik. J'ai oublié tout ça depuis
   longtemps. Sauf toi ! ... et Anna. On va la gravir
   ensemble, cette montagne, et puis on ira retrouver « *nos douces amies* » ; « *Nasi kochani przyjaciele* », comme dirait Anna. Viens. Tu as faim ?
— Un peu.

Il suit Adrian dans le refuge. Ils installent leur couchage et préparent le repas. Wiktor se met un peu de pommade sur le visage, car le soleil, même légèrement voilé, lui a rougi le front et les pommettes. Après une longue sieste sur le bois inconfortable de sa paillasse malgré le matelas en mousse, Wiktor passe le reste de l'après-midi à méditer sur le balcon et à regarder la carte annotée par Adrian. Il partage une cigarette avec son frère. Une cordée italienne de cinq grimpeurs fait halte au refuge avant de continuer la descente et juste au moment où la nuit tombe.

Adrian connaît bien le guide qui les accompagne. Ils échangent quelques informations sur la voie à la fois en italien et en français. Wiktor aime entendre la langue italienne. Il retrouve des intonations de Luigi et Simona Peloso. Il s'aventure à formuler quelques mots en italien et provoque quelques fous rires et une franche hilarité. Depuis leur promontoire, ils suivent la descente du groupe d'Italiens. Ils disparaissent une fois la barre rocheuse passée. Adrian sort son petit carnet pour noter scrupuleusement les indications du guide. Juste après, il consulte la météo sur le nouveau smartphone que lui a offert Julie. Il a besoin de l'aide de Wiktor pour trouver ce qu'il cherche. Les prévisions sont mauvaises pour la nuit qui vient, mais le temps devrait « *passer au beau* » au petit jour.

Adrian lui avoue sa surprise de ne pas voir d'autres groupes arriver au refuge. Ils seront seuls cette nuit. Wiktor regarde Adrian préparer sa couche. Il déroule son matelas et son duvet. Il pose son sac et vérifie les équipements de glacier et les cordes. Wiktor l'imite. L'obscurité tombe vite. Elle est noire et épaisse. Elle traîne avec elle de gros nuages et un vent soutenu. Wiktor croit sentir le refuge trembler. Adrian rigole et se moque gentiment de la frayeur de son frère. Il vérifie quand même toutes les ouvertures. Il s'équipe de sa lampe frontale et s'aventure dehors sur le balcon pour tenter de se rassurer et griller une dernière cigarette. Le vent fort l'oblige à se coller à la paroi du refuge. Il observe Adrian par la seule fenêtre dont les volets ne sont pas encore clos. Il l'aperçoit avec une flasque à la main. Adrian dévisse le bouchon et avale plusieurs rasades. Wiktor est furieux. Il écrase sa cigarette et rentre précipitamment. Il vérifie le verrouillage de la porte et ferme les derniers battants. Il se retourne et s'approche d'Adrian.

— Tu as recommencé ! C'est ça !
— Non. Attends, gamin. Wik. Je te jure que non.
— Et c'est quoi cette bouteille ?
— Une boisson à base de plante que Julie m'a préparée. C'est pour...
— Tu te moques de moi, Adrian.
— Non. Non... gamin. Wiktor. Je... c'est pour mon foie. Je suis malade, Wiktor.
— Tu... tu es vraiment malade ? Mais tu as quoi ?
— Bah. Ne t'inquiète pas Wik. Je m'en sortirais. Je suis aux « petits soins » avec Julie. Tu veux goûter cette potion ?
— Non. Non. Je suis désolé Adrian... vraiment désolé.
— Ne t'en fais pas Wiktor. Je ne voulais pas t'inquiéter avec ça.
— Je suis ton frère Adrian... ton frère.
— Je le sais... je le sais, Wik.

Wiktor s'en veut. Il ne sait pas quoi dire de plus. Il éteint la lumière de la salle à manger puis grimpe sur sa couchette. Il se glisse dans son duvet. Il regarde les notifications sur son smartphone. Pas de message d'Alice. Il pose son téléphone et ferme les yeux. Adrian contemple Wiktor. Il s'approche et appuie délicatement sa main sur les cheveux de son frère.

L'ascension

Wiktor est allongé dans l'herbe haute à l'ombre d'un arbre au tronc tourmenté et aux feuilles crénelées. Il regarde vers le ciel. Les rameaux s'agitent dans le vent et jouent avec les rayons du soleil. Il suit la progression de l'avion qui découpe le ciel bleu en laissant une jolie trace blanche. Il se demande vers quelle destination il vole. Une douce odeur d'été flotte dans l'air.

À côté de lui, Alice est allongée sur le flanc et ses jambes sont délicatement repliées. Elle porte une robe légère. Il tourne lentement la tête sur le côté. Il aperçoit la belle chevelure d'Alice. Il peut sentir le parfum subtil à la fragrance de miel de son shampoing. Il ferme les yeux et pense à la peau blanche et fine d'Alice. Puis l'arbre et la terre se mettent à trembler. Les feuilles tombent. L'herbe s'arrache et le sol se craquèle puis se fend. Il tend son bras et tente en vain de saisir la main d'Alice.

— Wik. Wik. C'est l'heure. Réveille-toi.
— Déjà. Mais je viens à peine de m'endormir. Je rêvais... je crois. Tu as entendu la tempête cette nuit ? Et l'orage ? J'ai cru que le refuge allait craquer de toute part.
— Non. Rien du tout. J'ai dormi comme un bébé.
— Ce n'est vraiment pas juste. J'ai l'impression de ne pas avoir fermé l'œil. J'entends encore le vent. Il est quelle heure Adrian ?

— Quatre heures. La fin de la tempête est annoncée pour... maintenant. Je vais voir dehors. Déjeune et prépare-toi. On partira dès que possible.

Wiktor, la tête ébouriffée et les yeux collés, émerge doucement de sa courte nuit. Il s'extrait de son sac de couchage et attache ses cheveux. Il enfile ses chaussettes et récupère sa gourde. Il l'ouvre et avale deux bonnes gorgées. La pièce est faiblement éclairée par une petite lampe portative. Il regarde Adrian qui tente de décoincer la porte. Après avoir légèrement soulevé le battant avec la poignée, il réussit à la tirer vers lui. Elle résiste puis se débloque d'un coup. Un courant d'air chargé de neige tourbillonnante s'avance jusqu'au milieu du refuge. Une belle épaisseur de neige encombre le balcon et le seuil de la porte. Adrian décroche la pelle et commence à déblayer. Le vent souffle toujours et pousse encore la nuit noire et profonde autour du fragile abri.

Il mange deux barres de céréales et avale un café fort et amer que lui a préparé Adrian. Il y ajoute une bonne dose de lait concentré sucré. Il termine son petit déjeuner par une poignée de fruits secs. Il range ses affaires et s'habille. Il est fébrile. C'est le grand jour et le temps est mauvais. Il enroule la corde et vérifie crampons et piolets. Il prend le temps de soigner ses mains plus habituées à la mécanique et à la crasse des moteurs qu'aux rochers rugueux et coupants. Quand Adrian revient dans la petite salle du gîte, il est couvert de neige. Il se secoue dans l'entrée puis raccroche la pelle au-dessus de la porte.

Adrian enlève ses gants et regarde son portable. Il fait un mouvement de la tête qui donne le signal du départ. Wiktor, serre les sangles de ses crampons et jette son sac sur ses épaules. Il ajuste son bonnet, enfile ses moufles et attrape son piolet. Dehors il fait froid et le vent a encore de la voix. Il retrouve Adrian sur le petit balcon dégagé de la neige et la glace qui l'encombraient.

Adrian referme la porte du refuge et la bloque comme il peut. Il passe à hauteur de Wiktor. Il vérifie le baudrier et l'attache. Il tire fermement sur la corde. Wiktor résiste pour montrer à son frère que le nœud et le lien sont solides. Adrian marche devant et allume sa lampe frontale. Il se laisse glisser le long de la grosse corde fixe qui permet l'accès au refuge. Wiktor le suit. Dans le halo blanc des lumières, le vent balaie la neige glacée qui virevolte. Elle cingle le visage des deux frères. Wiktor descend un peu son bonnet sur ses oreilles et se couvre la bouche avec son tour de cou. Il n'est pas rassuré, mais a pleinement confiance dans Adrian. De sa main gauche, il serre fermement le lien qui l'unit à son frère. Le vent et la nuit les encerclent. La neige craque sous leurs pas. Ils progressent lentement entre moraine et névés. Adrian connaît par cœur l'itinéraire, mais il ne prend aucun risque et sonde la neige fraîche à chaque enjambée.

Vers le Rognon de la Bouteille, le jour décide de se lever. Il prend son temps. Le vent s'apaise et se retire en emportant avec lui les derniers nuages. Wiktor demande une petite pause. Il boit un peu d'eau et lève les yeux sur sa montagne. Un rempart immense se dresse devant lui. Il doute. Les premiers rayons de soleil n'éclairent pas encore les sommets. Une fine écharpe blanche s'est enroulée sur la pointe. En bas, la vallée garde sa brume dense et froide. Adrian plaisante et encourage son frère. Il lui montre précisément les passages et les difficultés. Il lui demande gentiment de marcher en tête. Wiktor range sa lampe frontale et s'engage vers le Rocher du Reposoir. Derrière lui, Adrian lui lance.

— Wik. Tu te souviens de ce que répétait sans cesse
Aniela ?
— Oui. Elle le disait tout le temps.
— (*En cœur*) « *Il tient dans sa main les profondeurs
de la terre, Et les sommets des montagnes sont à
lui* ».

Ils partent dans un rire franc et spontané. Ils avancent sur un bon rythme. Wiktor calme ses peurs et prend confiance. Adrian prend les devants pour remonter tout l'éperon rocheux. Il en connaît tous les pièges. Wiktor voit ses efforts récompensés et le sommet se rapprocher. Il peut presque le toucher de la pointe de son piolet. Il adore cette alternance de roche et de glacier fraîchement couvert de neige. Ils passent sans problème les Rochers Whymper. Les deux frères font une dernière halte sous le sérac sommital. Ils sont proches du but. Adrian tempère un peu son enthousiasme.

— Wiktor. Prends ton temps. Respecte la montagne
et soit bien attentif. Prends le temps de lire et de
sentir la montagne. Respire un grand coup.
— Oui, Adrian. Je suis tellement impatient. J'ai
l'impression d'être ivre.
— Je sais Wik. On va y arriver. Rien ne presse. Regarde cette beauté. Savoure. Profite de la chance
qu'on a.

Ils traversent le grand Plateau puis escaladent les rochers qui les mènent à la calotte neigeuse du sommet. Le soleil les a dépassés de peu et irradie toute la chaîne d'une superbe et chaude lumière. Adrian laisse son frère repasser devant jusqu'à la Pointe Whymper. Wiktor est complètement essoufflé. Il a le cœur qui cogne comme le boxeur qui frappe son sac d'entraînement. Il ne réalise pas encore. Sur la plateforme, il lève les bras vers le ciel puis revient vers Adrian. Son visage ému se reflète dans les verres des lunettes de glacier d'Adrian. Wiktor se laisse tomber dans les bras de son frère et ne contrôle pas les larmes qui coulent de ses yeux et lui brouillent les yeux.

> — Adrian ! On l'a fait ! Je suis en haut. Tout en haut ! Je suis avec mon frère au sommet de ma montagne. Ma montagne !
> — Bravo Wiktor ! Je suis fier de toi. J'étais sûr que tu pouvais le faire.
> — Ne bouge pas, Adrian. On va filmer ça pour Julie et Alice !

Il défait ses gants et ouvre son blouson. Il récupère son téléphone et lance l'enregistrement vidéo. Il se colle à son frère et étire le bras le plus loin possible pour immortaliser l'instant. Il est comme un enfant et s'empresse d'envoyer le film. Adrian se moque de lui et lui tend un carré de chocolat noir. Il le prend et l'engloutit d'un coup. Il tourne sur lui-même pour saisir le panorama exceptionnel qui l'entoure. Il se met à chanter.

> — Pour toi, mon amour. Pour toi, Alice ! Notre chanson. « *Quante scuze ho inventato io pur di fare sempre a modo moi evitare così una storia importante non volevo così ritrovarmi già grande...Quanta gente ho incontrato io quante storie, quante compagnie ma ora voglio di più una storia importante quello che sei tu* ». (*Combien d'excuses j'ai inventées pour faire toujours à ma façon évitant comme ça une histoire importante, je ne voulais pas me retrouver déjà grand... Combien de gens j'ai rencontrés combien d'histoires*

Avec son téléphone, Adrian enregistre la scène. Il rit.

Ils s'attardent encore un peu. Ils ne parlent plus. Le vent a fini de chasser les nuages esseulés. La vue sur le Mont-Blanc est superbe. Wiktor est saisi d'une soudaine sensation de vide. La hauteur lui paraît tout à coup vertigineuse. Son cœur bat à toute vitesse. Il respire profondément et lentement comme le lui a appris Adrian. Il regarde la ville de Chamonix au fond de la vallée et pense à Alice. Derrière ses lunettes de glacier, il ferme les yeux et écoute chanter le vent jusqu'à ce qu'Adrian lui mette la main sur l'épaule.

— Wik. Il est déjà tard. Il faut redescendre. Les séracs sont fragiles.
— D'accord frangin. C'est tellement beau qu'on voudrait rester là encore un peu plus longtemps. On est les rois du monde. Mais tu as raison. Allons-y.

Adrian contrôle son matériel. Il vérifie les attaches des crampons de Wiktor. Il place la boucle de la corde dans le mousqueton du baudrier de son frère. Il passe la dragonne de son piolet et commence doucement la descente. Wiktor boit une grande gorgée d'eau et se met en marche. Il suit les traces d'Adrian qui avance prudemment, car la neige durcie peut céder à tout moment. Le décrochement d'un bloc glacé à cet endroit les emporterait tous les deux. Il reste près de l'éperon rocheux. Au moindre doute, il s'éloigne du rocher. Wiktor se laisse conduire. Il a la tête encore au sommet.

Plus bas, la pente s'adoucit à peine. Adrian peut s'écarter un peu de la saillie rocheuse. Il s'arrête souvent pour écouter et sentir la montagne. Il est aux aguets. Wiktor ressent la tension et redouble d'attention. Il serre fort son piolet et la corde qui le relie à son frère. Ils sont presque arrivés à la pointe des blocs juste en face de la Tour des Jorasses quand Adrian s'immobilise. Wiktor ne le voit pas tout de suite trop occupé à tester la glace à chaque pas. Il finit par heurter son frère.

> — Qui y a-t-il, Adrian ? Pourquoi t'arrêtes-tu ?
> — Là-bas. Il y a quelqu'un sur les rochers. Il ne bouge pas. Je l'observe depuis tout à l'heure. On va s'approcher. Viens.
> — OK, Adrian.

Les Grandes Jorasses

Adrian change de direction et s'avance doucement vers les rochers. La silhouette d'un homme d'âge mûr devient plus précise. Il porte un blouson de montagne de couleur bleue. Son visage est tourné de l'autre côté. Il ne bouge pas et semble collé à un bloc de roche. Il l'agrippe et l'entoure de ses bras. Adrian appelle pour attirer l'attention de l'individu, mais il ne répond pas. Wiktor l'aperçoit à son tour. Il se rapproche de son frère et pousse lui aussi un cri. Il n'obtient pas plus de réactions.

Ils ne sont plus qu'à quelques mètres un peu au-dessus de l'homme. Il porte un bonnet de laine. Son visage embrasse la pierre. Adrian remarque tout de suite qu'une corde tendue part de sa taille. Il suit des yeux la corde de couleur jaune et orange. Elle descend plus bas dans le chaos rocheux puis disparaît complètement. Adrian comprend immédiatement le problème. Il lâche le lien qui le relie à Wiktor et bondit sur les quelques blocs qui le séparent du pauvre bougre.

> — Gamin ! Wiktor. Occupe-toi de lui ! Je vais voir plus bas.

Wiktor se porte à la hauteur de l'alpiniste. Il est tétanisé. Le soleil lui a brûlé le front. Ses mains sont griffées et gonflées. Ses lèvres sont très abîmées et saignent. Il se défait de sa corde et pose son sac. Il s'approche plus près.

L'homme murmure quelque chose. Il ne comprend pas
tout de suite. « *Wat... water. Please water ...* » bredouille-t-
il. Il sort sa gourde. Il déclipse le bouchon et verse tout
doucement. Un mince filet d'eau coule vers la bouche à
peine entrouverte du vieil homme. Il peine à ouvrir la
bouche, mais il réussit à avaler un peu d'eau. Ses lèvres
sont gonflées et brûlées. Il essaie de s'imaginer ce qui s'est
passé. Il sort de son sac une corde. Adrian remonte jusqu'à
eux.

> — Vite Wik. Passe-moi la corde. Il faut se dépêcher.
>   Il ne tiendra pas longtemps comme ça.
> — Attrape ! Adrian.

Adrian forme un lasso et attrape un autre rocher
saillant un peu plus haut. Avec une aisance remarquable,
il fait un nœud pour fixer la corde puis il la déroule jusqu'à
la victime. Il effectue encore des nœuds supplémentaires
que Wiktor ne connaît pas.

> — Aide-moi, Wiktor. Il faut vite le dégager.
> — Dis-moi, Adrian.
> — Poste-toi plus bas et tire la corde jaune vers toi.
>   Tire de toutes tes forces !

Adrian entoure la corde autour du rocher sur lequel
est accroché le pauvre homme. Il introduit sa main entre
la pierre et le corps paralysé puis saisi le mousqueton du
baudrier. Avec rapidité et adresse, il passe dedans la corde
qu'il vient d'attacher. N'y tenant plus, l'homme desserre
l'étreinte de ses bras et se laisse tomber en arrière. Il est
maintenant suspendu aux cordes par son harnais. Le filin
installé par Adrian se tend d'un coup. Wiktor se sent partir
vers l'avant. Il cale ses pieds contre un bloc proéminent et
pousse sur ses jambes de toutes ses forces. Pendant ce

temps, Adrian tire vers lui, le baudrier et l'homme épuisé. Il se positionne un peu en dessous et défait doucement les sangles. Le corps fourbu tombe dans les bras d'Adrian.

L'homme s'est évanoui. Adrian l'allonge au pied du rocher. Il prend son pouls et attrape une couverture de survie dans son sac. Il l'enveloppe et installe un duvet sous sa tête. Il protège son visage du soleil. Il mouille un tissu et humidifie avec délicatesse ses joues son front et ses lèvres. De son côté, Wiktor ne tient plus. Il relâche doucement la corde. Solidement accrochées aux deux blocs, elles sont complètement tendues. Il revient près de son frère. Il cale bien la couverture de la victime avec des cailloux. Adrian sort son téléphone et essaie de joindre les secours. Après deux appels infructueux, il arrive à obtenir les secouristes. La discussion est en italien. Il n'hésite pas. En quelques secondes seulement, il décrit le lieu précis de l'accident et l'état de la victime. Il se hisse à la hauteur de son frère. Wiktor est impatient. Dès qu'Adrian raccroche, il veut savoir.

> — Adrian ? Qui est au bout de cette corde ? Qu'est-ce qu'on peut faire ?
> — Je n'ai pas pu voir au fond de la crevasse, mais quelqu'un est bel et bien au bout de cette corde. Je vais aller voir et à deux on devrait pouvoir le remonter. Prends la corde qui te reste. Je vais faire un rappel et descendre dans la faille.
> — Tu crois ? On ne devrait pas attendre les secours ?
> — Oui, mais il faut quand même tenter quelque chose pour sauver ces personnes.
> — Oui, Adrian. Tu as raison. Je t'apporte la corde.

Adrian récupère sa corde et celle de Wiktor. Ils descendent et suivent la corde raide jusqu'au trou béant entre le rocher et le glacier. Wiktor n'est pas rassuré du tout, mais s'approche un peu plus avant. Il ne voit que le bord. Impossible d'apercevoir le fond du gouffre. Il lance un appel vers les profondeurs et n'obtient ni un bruit ni un écho.

Adrian positionne Wiktor à côté de lui. Ils attrapent le filin tendu et tirent de toute leur force aux ordres d'Adrian. Rien ne se passe. Ils recommencent plusieurs fois l'opération, mais c'est en vain. La corde ne bouge pas. Ils font à nouveau plusieurs tentatives ; sans aucun résultat. Adrian en déduit que le cordage est bloqué. Il veut en avoir la certitude. Il faut essayer jusqu'à ce que les secours arrivent. Adrian prépare les cordes pour le rappel. Il réalise quelques nœuds et ajuste son baudrier. Il sort de son sac tout le matériel pour fixer deux points d'ancrage dans la glace.

— Wik. Tu vas m'assurer le temps que j'aille de l'autre côté de la crevasse pour fixer les broches à glace. C'est d'accord ?
— Oui, Adrian. Je suis prêt.
— Allez ! On y va.

Adrian resserre les sangles de son baudrier et attache la corde. Il passe la dernière corde près de son cou et sous son bras. Wiktor se tient debout et passe la corde autour de lui comme le lui a enseigné son frère. Ses mains sont bien positionnées de chaque côté du « *grigri* ». La main avant accompagne la corde et l'autre la retient légèrement. Il est concentré et regarde Adrian s'aventurer sur le glacier. Il est situé quelques mètres plus bas par rapport à lui. Il passe au large de la crevasse en sondant la glace avec son piolet à chacun de ses pas. Quand il juge l'endroit suffisamment solide, il lui fait un signe et s'agenouille. Il plante les deux broches à glace et fixe fermement une sangle entre les deux.

Adrian tire de toutes ses forces pour tester la robustesse des attaches. Il pose son sac et la corde à côté de lui. Il passe deux mousquetons dans la courroie et accroche la corde. Il se remet debout puis invite son frère à le rejoindre sur la glace. Il hésite. Il enroule le surplus de corde et descend au niveau de la moraine. Il fait une grande enjambée pour arriver directement sur la glace. Il avance doucement dans les pas d'Adrian. Il croit entendre des craquements. Adrian tire un peu la corde et ramène son frère près de lui.

> — Wiktor. Tout va bien. Je vais descendre. Assuremoi comme tout à l'heure. Tu te débrouilles très bien.
> — Oui, Adrian. Fais attention. Tu ne veux vraiment pas attendre les secours ?
> — On n'a pas le temps Wik. Je dois tenter quelque chose et vérifier si la personne est vivante. Tu comprends ?

Wiktor ne répond pas. Il se mordille la lèvre et fait un simple geste de la tête. Il s'équipe avec la corde. Adrian écarte légèrement les jambes et se poste face à lui. Il est dos au vide. Il tend la corde et se tient tout au bord de la crevasse. Il soulève un pied pour le planter un peu plus bas dans la paroi de glace. Un seul coup suffit pour s'assurer que le crampon est bien enfoncé. Il fait la même chose avec l'autre jambe. Wiktor, concentré, a des perles de sueurs qui coulent sur son front et ses tempes. Il donne à peine plus de longueurs à la corde et regarde son frère descendre dans la large fissure. Bientôt, il disparaît complètement. À chaque mouvement de corde, il prend des nouvelles de son frère. Il est crispé et inquiet. Ses épaules lui font mal. Malgré ses lunettes de glacier, le soleil ardent se reflète sur la glace salie.

Adrian lève la tête. Il aperçoit une ouverture étroite et bleue. Il évalue d'un coup d'œil avisé la hauteur parcourue. Il est déjà descendu de presque vingt mètres. La paroi paraît lisse, mais présente de larges cannelures d'une teinte vert pâle. À certains endroits, la glace est boursouflée. Il peut y poser ses pieds et retrouver son souffle. Il en profite pour enfoncer d'autres points d'ancrage. Il place des mousquetons et accroche la corde. Il aperçoit plus bas, à quelques longueurs seulement, la forme d'un corps suspendu. Il reprend sa descente après avoir crié quelques mots à Wiktor pour lui signifier qu'il va bien et qu'il progresse. Le puits de lumière se rétrécit et la visibilité diminue franchement. Adrian s'habitue à l'obscurité, mais préfère mettre en marche sa lampe frontale.

La cavité s'élargit. Adrian se tient debout sur un rebord presque aussi étroit que ses chaussures. Il balaie tout l'espace avec le faisceau blanc et puissant de sa lampe. La haute voute de glace est complètement opaque. Il voit le cordage tendu qui soutient le corps. Un sac et deux piolets sont totalement pris dans la corde. Ils bloquent tous les mouvements de tractions. Adrian continue rapidement son exploration. Il est situé un peu en dessous de l'alpiniste inanimé accroché par la taille au filin et qui tourne lentement comme un mobile désarticulé.

Adrian ne distingue pas complètement sa tête. Il n'aperçoit que ses jambes pendantes à quelques mètres de lui. En bas, et malgré sa lampe, il ne discerne pas le fond de la crevasse. Il plante deux crochets supplémentaires dans une glace extrêmement dure. Il rassemble et plie le surplus de corde. Il s'attache solidement aux lanières et se tourne face au vide. Il lance un bout de corde autour des jambes de l'alpiniste et s'efforce de le tirer jusqu'à lui. La première tentative est un échec. Elle donne juste un peu d'élan au léger mouvement de balancier du corps. Au second essai, Adrian ramène jusqu'à lui le corps immobile. Il effectue une boucle pour maintenir le grimpeur à sa hauteur. Il le fait pivoter lentement pour accéder à son cou. Adrian enlève ses gants pour libérer ses mains. Il dégage l'encolure du blouson de l'homme et pose ses doigts froids sur son artère carotide. Adrian lève la tête vers la minuscule ouverture de sortie et hurle.

— Il est vivant ! Il est vivant !

Adrian baisse le regard et tourne la tête. Il se trouve face au visage de la victime. Il devient blanc et se recule jusqu'à ce que sa tête heurte le mur de glace. Il découvre avec effroi la figure tuméfiée de Benjamin Descombes. Adrian est figé. Il n'arrive plus à bouger. Les cris d'Adrian ont provoqué le réveil de Benjamin. Il ouvre maintenant de grands yeux affolés, fixe Adrian et balbutie.

— Le polonais ! ... aide-moi. J'ai mal. J'ai soif. Donne-moi à boire.

Adrian n'arrive pas à ouvrir la bouche. Il n'en croit pas ses yeux. Il aimerait tant être dans les bras de Julie. Il reste pétrifié et stupéfait.

— Tu te décides, nom d'un chien ! J'en peux plus. Sors-moi de là ! Bouge-toi, bordel !

Adrian hésite. Il pourrait remonter, laisser là Benjamin Descombes et personne n'en saurait jamais rien. Il lui a gâché la vie et c'est à cause de lui qu'il a perdu ce travail qu'il aime tant. Il n'arrive pas à se concentrer. Il est submergé par des idées noires et indicibles. Tout se bouscule dans sa tête. Tout ça va trop vite. Il a le tournis. Pendant ce temps, Benjamin Descombes a réussi à se redresser légèrement en attrapant la corde avec ses mains. Même épuisé, il fulmine et s'agite dans tous les sens.

> — Bon, alors ! Merde ! Tu te décides ! Je meurs de soif. C'est quoi ton problème sale...

Benjamin Descombes, en mauvaise posture, ravale ses mots. Adrian est aussi figé qu'un mort-vivant. Il ouvre la poche latérale de son sac et empoigne la gourde. D'une main, il défait l'attache puis il verse un peu d'eau dans la bouche béante de Benjamin Descombes. Le guide déglutit plusieurs fois et tourne la tête vers Adrian.

> — Maintenant, dépêche-toi un peu et trouve un moyen de me sortir de cette putain de crevasse !
> — Je peux... heu. Je vais...
> — Mais il parle en plus. Magne-toi ! J'ai le dos en compote et des fourmillements dans les jambes.
> — Je vais d'abord passer ma corde dans ton mousqueton. D'accord ?
> — C'est ça ! Tu peux te dépêcher un peu, plutôt que de faire des discours. Vous êtes tous lents comme ça dans ta tribu de mineur ?

Adrian se raidit et porte la main à son piolet. Il enrage. Il essaie de se calmer et ravale sa colère. Il pense à Wiktor et à Alice. Il pense à Julie. Il aimerait s'allonger encore avec elle dans l'herbe fraîche des alpages et observer le ballet majestueux des rapaces.

— Mais il rêve en plus ! Tu parles d'un guide ! Tu vois bien que tu n'es pas des nôtres. Tu ne le seras jamais. Tu vas en perdre combien des clients ?

Adrian est à bout. Il attrape l'encolure du blouson de Benjamin Descombes et le tire vers lui d'une main. Dans l'autre, il tient un couteau pliant avec la lame ouverte. Il pose la lame sur la joue de Benjamin Descombes. Il a les yeux rougis.

— Encore un mot et je coupe cette corde ! Tu m'entends ! Tu arrêtes ça tout de suite ! Si un alpiniste est mort, c'est entièrement ta faute ! Et je peux le prouver ! Alors, tais-toi !
— Ne fais pas le con ! Tu ne vas pas faire ça ?
— Je ne veux pas le faire, mais si tu me pousses à bout...
— Calme-toi ! Calme-toi ! D'accord ?

Adrian hésite. Il lève les yeux vers la sortie. Il range son couteau. Il récupère sa corde et ramène vers lui Benjamin Descombes qui se tortille comme un ver de terre au bout d'un hameçon. La corde résiste encore. Il s'agite de plus en plus. Il agrippe Adrian. Adrian tend sa main et, du bout des doigts, il pousse la corde dans l'anneau du baudrier. Il essaie de se reculer un peu sur son étroite plate-forme, mais il n'a pas le temps. Adrian est aspiré dans le vide avec Benjamin Descombes. Adrian comprend aussitôt ce qui se passe. *« Fichu facteur de chute ! »* pense-t-il tout bas. Un air froid venu des profondeurs lui caresse le visage.

En une fraction de seconde, il voit passer devant ses yeux le sac, les piolets et le boute. Le filin auquel était suspendu Benjamin Descombes n'a pas résisté. Sa propre corde se tend sèchement et le projette contre la paroi. Sa tête la heurte de plein fouet. Il est tiré vers le bas par Benjamin Descombes accroché à la même corde un mètre plus bas. Adrian ne peut que lever les yeux vers le haut. Un filet de sang s'échappe de son crâne. Il n'entend pas les hurlements de terreur qui viennent d'en dessous. Il regarde, impuissant, les broches se détacher une à une. La lumière disparaît avec Adrian. Dans sa chute, il a encore la force de murmurer : « *Il tient dans sa main les profondeurs de la terre...* ». Ces mots rebondissent en écho sur les parois de glace. Elles jaillissent du trou puis s'évanouissent.

Wiktor serre la corde de toutes ses forces. Ses crampons ne résisteront pas longtemps dans cette glace fondue. Il a les mains qui brûlent malgré ses gants. Un hélicoptère tourne autour de lui dans un vacarme étourdissant. Il ne tient plus. La corde lui glisse doucement entre les doigts. La neige soulevée par les pales lui fouette le visage. Il crie de toutes ses forces jusqu'à s'en irriter la gorge, mais le son est couvert par le bruit du moteur. Il tente d'enfoncer ses crampons un peu plus profondément dans la glace, mais il n'y parvient pas et se rapproche de la crevasse. Il bascule vers l'avant et se retrouve à plat ventre dans la glace fondue. Il ne lâche pas prise. Il a le visage au-dessus du trou. Les accroches finissent par céder et la corde lui échappe. Il voit l'extrémité du cordage danser à l'entrée de la cavité puis disparaître. Il laisse tomber sa tête. Il est irrésistiblement attiré vers le vide. Il dit tout bas : « *... Et les sommets des montagnes sont à lui* ».

Il se réveille en sursaut. Il vole à travers les montagnes. À côté de lui, l'alpiniste anglais est allongé. Il porte un masque à oxygène et une perfusion. Lui a deux bandages en guise de gants. Maintenant, il se souvient de tout.

Il veut y retourner. Il ne peut pas laisser Adrian là-bas. Il s'agite. Il hurle. Il détache sa ceinture et se lève dans le minuscule habitacle. Il demande aux secouristes d'y retourner ; que son frère est encore vivant ; qu'il faut absolument aller le chercher ! Il insiste et bouge dans tous les sens. L'un des secouristes essaie de le calmer. Un autre lui plante une seringue dans le bras. Une douce chaleur se diffuse dans son corps. Il colle sa tête sur la vitre. Les paysages défilent de plus en plus vite. Ses paupières se ferment sur ses yeux humides.

Il reste une nuit à l'hôpital. Il veut retourner là-haut. Il faut faire quelque chose pour Adrian. Il ne peut pas. Il ne supporte pas l'idée de le savoir seul dans ce gouffre glacé. Il se persuade que la montagne ne lui prendra pas son frère. Il n'en démord pas. Il est persuadé qu'il y a encore une chance de le retrouver vivant. Son frère connaît tous les pièges de la montagne. Il doit y retourner. Il ne peut pas en être autrement. Il est agité. Il transpire. Il arrache la perfusion. Il doit partir. Les infirmiers se mettent à deux pour le reloger dans son lit, le sangler et le sédater. Il s'apaise un peu. Alice arrive. Elle est là. Avant de fermer les yeux, il lui prend la main. Le lendemain matin, les gendarmes sont là. Ils lui annoncent l'arrêt des recherches.

À cet endroit, la crevasse est trop profonde. Il est impossible d'y descendre. Il ne veut pas les croire. Il insiste. C'est son frère qui est tombé au cœur de la montagne. Il pleure. Les militaires sont impassibles. Ils sont venus pour l'interroger et recueillir son témoignage. Ils ont amené avec eux son sac à dos. Il ne quitte pas du regard le sac jeté dans le fond de la pièce. Il pense à Adrian. Il essaie de se rappeler les derniers mots de son frère. Il raconte en détail le sauvetage de l'alpiniste. Il ne retient pas ses larmes quand il narre très précisément la descente d'Adrian dans la crevasse. À la fin de l'interrogatoire, il est épuisé. Il n'a qu'une seule question aux enquêteurs.

> — Qui était l'autre alpiniste et comment s'appelait-il ?
> — C'était le guide Benjamin Descombes.

Wiktor ne sent plus ses jambes et il laisse son cœur lâcher prise. Un vide immense s'empare de tout son être. Il cherche l'air. Il suffoque, vacille et perd connaissance.

***

Deux jours après la tragédie et en page trois du journal local, un journaliste écrit : « *Drame dans les Grandes-Jorasses. Un accident de montagne a fait deux victimes et un blessé grave. La mort tragique de deux alpinistes est à déplorer. Elle a eu lieu près de la Tour des Jorasses sur le versant italien. Les événements se sont produits au lendemain de la tempête qui a balayé le massif du Mont-Blanc il y a deux jours. L'une des victimes est bien connue. C'est un membre dévoué et apprécié de la Compagnie des Guides de Chamonix : Benjamin Descombes. Les guides pleurent aujourd'hui un compagnon et un ami. Un hommage lui sera rendu vendredi sur la place devant la maison de guides. Le blessé a, quant à lui, été pris en charge par le GMSP et transporté à l'hôpital de Chambéry. À cette heure, nous ne connaissons pas encore toutes les circonstances de l'accident. La gendarmerie de Chamonix a diligenté une enquête et une communication devrait être faite rapidement. Ce que l'on peut dire à l'heure actuelle, c'est que Benjamin Descombes accompagnait un alpiniste dans l'ascension de la pointe Walker par la voie normale côté sud. C'est lors de la descente que le drame s'est produit. Une autre cordée qui empruntait la même voie est venue leur porter secours et déclencher l'alerte. Un alpiniste a été sauvé. Benjamin Descombes, en guide chevronné et avec le sens du devoir qu'on lui connaissait, vient de sacrifier sa vie pour sauver son client. Nous ne savons rien des autres alpinistes présents. D'aucuns évoquent le nom d'Adrian Maciej, cet ancien guide qui a défrayé la chronique judiciaire il y a quelques mois et qui fut condamné par la justice. ».*

Pas un mot dans le journal sur le courage dont a fait preuve Adrian Maciej pour tenter de sauver les deux alpinistes en difficultés. Wiktor enrage.

Julie transforme son chagrin en colère et consacre toute son énergie à la réhabilitation d'Adrian. Elle a tout de suite monté un comité de soutien et compte bien apporter les preuves de l'innocence et du courage d'Adrian. Elle espère bien publier le témoignage de Wiktor sur le déroulement exact des événements qui se sont produits le jour de l'accident. Elle continue son travail pour la compagnie des guides pour être au plus près du « *petit monde de la montagne* » comme elle dit. Beaucoup de guides la suivent dans son combat face à la direction qui évite le sujet et ne veut pas de polémique. Le guide Benjamin Descombes ne faisait pas l'unanimité et les langues se délient petit à petit sur son comportement, parfois violent, avec les clients et les autres guides. Julie souhaite recueillir le témoignage de l'alpiniste hospitalisé dès qu'elle le pourra.

Les secours en montagne ont abandonné les recherches pour retrouver les corps des deux guides.

Wiktor pleure son frère et tente de trouver du réconfort dans les bras d'Alice. Il fulmine intérieurement et avale sa colère. Il ne dort plus. Il ne mange plus. Toutes les nuits, il rejoue la scène du drame. Dès qu'il ferme les yeux, les images reviennent. Elles se télescopent et rebondissent dans sa tête comme une balle pour enfant. Il voudrait arrêter le temps puis le remonter jusqu'à l'arrivée au sommet de la montagne. Il cherche l'impossible solution pour tout effacer et faire revivre son frère.

Avec Alice, ils habitent provisoirement le mobilhome. Toute la vie d'Adrian tient dans cet espace réduit. Wiktor s'occupe en essayant de ranger les affaires d'Adrian, mais il est désemparé et il ne fait que déplacer les choses d'un endroit à un autre. Alice est là. Parfois, il s'énerve d'un coup. Il jette tout dehors puis il s'effondre à terre et fond en larmes. Alice est là.

Toutes les nuits, il s'assoit sur le bord du lit. Il regarde longuement ses mains écorchées. Il pense à l'accident et regarde, impuissant, son frère tomber dans le vide et disparaître. Il pose sa tête dans le creux de ses mains. Il s'en veut. Alice est là. Elle dort à côté de lui.

Alice trouve toujours les mots justes pour lui parler. Il a besoin d'elle. Il ne le dit pas, mais sans elle son âme deviendrait une glace noire. Il glisserait vers un abîme sans nom. Il se revoit, enfant, quand il s'approchait, avec d'autres gamins de la cité minière, des anciens puits d'aération désaffectés. Ils s'asseyaient au bord du trou et laissaient pendre leurs jambes dans le vide jusqu'à ressentir un léger picotement. Ils jetaient des cailloux sans jamais entendre le bruit de l'impact.

Ils se serrent l'un contre l'autre. Cœur contre cœur. À l'aube d'un jour, quand la brume s'échappe et que le torrent murmure, Alice marche pieds nus dans l'herbe mouillée. Elle s'approche doucement de lui. Il est debout et regarde, silencieux, le sommet des montagnes. Il n'a pas dormi. Il souffle lentement. Un air froid sort de sa bouche et disparaît. Alice lui enserre la taille et se plaque contre lui. Elle pose sa tête dans le creux de son épaule. Ils restent immobiles un long moment. Ils écoutent les tout premiers bruits du jour. Les premiers chants matinaux des oiseaux, la complainte du torrent et une route au loin. Alice resserre davantage ses bras autour de la taille de Wiktor et vient coller plus avant son ventre contre lui. Elle chuchote.

— Wik. On pourra l'appeler Adrian si tu veux ?

Il ne dit rien, mais soupire profondément. Il prend les mains d'Alice et les poses sur sa bouche. Il les embrasse tendrement et pleure. Les larmes glissent sur ses joues et finissent dans les mains jointes des amants. Une brise légère remonte la rivière. Elle leur caresse le visage et semble murmurer la chanson. Leur chanson :

« Una Storia Importante[1]

Quante scuze ho inventato io

pur di fare sempre a modo mio

evitare così una storia importante non volevo così

ritrovarmi già grande...

Quanta gente ho incontrato io

quante storie, quante compagnie

ma ora voglio di più una storia importante quello che sei tu

---

[1] Eros Ramazzotti, Adelio Cogliati — DDD — 1985

forse sei tu...

Fermati un istante parla chiaro come non hai fatto mai

dimmi un po' chi sei

*non riesco a liberarmi questa vista mi disturba sai come tu
vorrei*

quanto ti vorrei...

*Apro le miei mani per riceverti (ma un pensiero mi porta
via)*

mentre tu le chiudi per difenderti

la tua paura è anche un po'la mia

*Forse noi dobbiamo ancora crescere (forse è un alibi, una
bugia)*

se ti cerco ti nascondi poi ritorni...

metti gli occhi tuoi dentro ai miei ».

« Combien d'excuses j'ai inventées

pour faire toujours à ma façon

évitant comme ça une histoire importante, je ne voulais pas

me retrouver déjà grand...

Combien de gens j'ai rencontrés

combien d'histoires combien de compagnies,

*mais là je veux encore plus une histoire importante, celle
que tu es*

peut-être que c'est toi...

*Arrête-toi un instant parle clairement comme tu ne l'as ja-
mais fait*

dis-moi un peu qui tu es

*Je n'arrive pas à me libérer cette vie me dérange tu sais
comment je te désire*

combien je te désire...

*J'ouvre mes mains pour te recevoir (mais une pensée me
porte ailleurs)*

pendant que tu les refermes pour te défendre

ta peur est aussi un peu la mienne

*Peut-être devons-nous encore grandir (peut-être un alibi,
un mensonge)*

si je te cherche tu te caches puis tu reviens...

dépose tes yeux dans les miens ».

FIN.

Table

Du même auteur

Des Champs d'Agonie, Roman, BoD, 2021

Balades pour Léa, Roman, BoD, 2022

Fleur de laine, Roman, BoD, 2023

Des Champs d'Agonie, Roman, BoD, 2021